書下ろし

たとえば、君という裏切り

佐藤青南

祥伝社文庫

目次

最期のインタビュー

まえがき

最初に断っておくが、筆者は鴨志田玲《かもしだりょう》という小説家の熱心な読者ではない。曲がりなりにも同じ出版業界に身を置く以上、その名前ぐらいは知っているし、多くのベストセラーを世に送り出した押しも押されもせぬ売れっ子作家であることも承知している。だがそれ以上でも以下でもない。映像化で話題になった作品を学生時代に読んだ記憶があっても、そのストーリーの詳細は思い出せない。誤解しないでもらいたいのは、つまらなかったということではない。筆者と小説というジャンルの距離感がそういうものだった、というだけの話である。まったく読まないわけではないものの、読書家と自称できるほどでもない。もともと愛読していたのはノンフィクションだし、プロのライターとしてのキャリアを歩み始めてからは、それすらも読む機会が激減した。資料を読むのに時間を奪われ、趣味の読書をする余裕がないのである。たまにはマスコミで取り上げられていた作品や、友人がおもしろいといっていた作品を購入する。読破する作品もあるが、読み切れないまま埃《ほこり》をかぶっている作品も少なくない。筆者にとって小説とは、そういうものだった。

そんな人間がなぜ鴨志田玲について書くのかという疑問や、そんな人間に鴨志田玲を語って欲しくないという怒りの声は、当然あるだろう。だが〈小説家・鴨志田玲〉をよく知らない人間が取材することで、〈人間・鴨志田玲〉を浮き彫りにするというのは、鴨志田氏たっての希望だった。二十八年に及ぶ作家生活を通じて人間を描くことにこだわり続けた小説家は、死後、自らが神格化されることを恐れた。人間を描いた作家は、人間として死ぬことを望んだのだ。

そのようなコンセプトのもとに書かれた本書は、ともすれば〈小説家・鴨志田玲〉の熱心なファンを不快にさせる表現や描写があるかもしれない。だがそれこそが〈人間・鴨志田玲〉を描き出す上で重要な要素であり、鴨志田氏の遺志でもあろうと考え、あえてそのまま残す。できる限り誇張や脚色をせずに、ありのままを記そうと心がけた結果である。

本書は筆者の目を通した〈人間・鴨志田玲〉の記録である。

私は作家の鴨志田玲という者です。

あるサイトで早田様の映画レビューを読み、鋭い批評眼と端正な文章に感心させられました。

つきましては、ぜひ一度お目にかかりたく存じます。

もし興味を持っていただけましたら、ご返信くださいますでしょうか。

何卒ご検討のほど、よろしくお願いします。

鴨志田玲拝

いかがだろうか。筆者は出版業界に身を置くとはいえ、いわゆる文壇とはまったく関係のない場所で生きてきた、しがないフリーライターである。筆者が書いた本は二十六冊にのぼるが、表紙に筆者の名前が載った本はひとつもない。そんな一般読者にとっては存在しないも同じような立場の人間に、小説の世界で頂点をきわめた作家が会いたいというのである。

当然だが最初は、誰かのいたずらを疑った。だが犯人の狙いがわからない。かりに何者かのなりすましだとして、ベストセラー作家を騙《かた》って筆者にメールを送り、なにをしようというのだろう。そもそも人選が不自然だ。親しい友人ならば、筆者が小説をあまり読まないことぐらい知っている。

無視するつもりだった。だがどういうわけか、頭の片隅にずっと引っかかっていた。誰が、なんの目的で。好奇心を封じ込めておけないのは、ライターの悲しい性《さが》だろうか。

しばらく放置した後、結局私は次のように返信した。

鴨志田玲様

はじめまして。フリーライターの早田直彦です。

私の拙《つたな》い映画評をお読みいただき、ありがとうございます。

お会いするのはかまいません。いつどこでお会いしましょう。ご都合をお聞かせください。

早田直彦

友人の誰かがなりすましている可能性を考え、極力事務的に、温度の低い文章を心がけた。すると、最初にメールを受け取ってから丸二日経《た》っていたにもかかわらず、三十分ほどで返信があった。

早田直彦様

ご返信ありがとうございます。
差し支えなければ、お会いするのは私の自宅でもよろしいでしょうか。このところ体調が思わしくないため、外出を控えています。スケジュールについてですが、こちらは融通が利きますので、早田様のご都合の良い日時をご指定ください。迎えの車を手配します。

鴨志田玲拝

この段階で、友人のいたずらに違いないと判断した。一介のフリーライターをいきなり自宅に招くとは。しかも迎えの車だなんて。よくよく考えてみれば、鴨志田氏のような大作家がかりに筆者のようなフリーライターに興味を持ったとしても、自らメールを送るような真似をするだろうか。筆者のSNSアカウントでは仕事用のメールアドレスを公開しているからコンタクトを取るのは容易だが、それでも普通は担当編集者、あるいは秘書のような人物が代わりに動くものではないのか。
数人の友人の顔を思い浮かべてニヤニヤと頰《ほお》を緩《ゆる》めつつ、次のように返信した。

鴨志田玲様
明後日の午後なら空いています。自宅の最寄り駅が○○線の△×崎駅なので、駅前ロータリーに午後二時待ち合わせでいかがでしょう。
早田直彦

鴨志田氏を名乗るアカウントから承諾の意を伝える返信があり、二日後、筆者は指定した待ち合わせ場所の駅にいた。しかしロータリーには背を向け、駅舎の入り口から改札を見つめていた。このようなくだらないいたずらを仕掛けそうな友人については何人か見当がついたが、思い当たる全員が、自動車を所有していなかった。電車で来るに違いない。

駅の改札を抜けながら、「久しぶり。本物の鴨志田玲だと思った？」と笑うのだろう。その後は喫茶店やファミレスか、あるいは昼間から営業している居酒屋チェーンが少し離れた場所にあるので、そこに向かうか。そんなことを考えていた。

ところが改札から吐き出される人波の中に知った顔を見つけられないまま、待ち合わせ時刻を過ぎてしまった。どうやらまったく見ず知らずの誰かのいたずらだったらしい。それを友人からの誘いだと思い込み、駅にまでのこのこ出かけてくるとは、なんと滑稽な。怒りよりもおかしさがこみ上げてきた。

笑いを嚙《か》み殺しつつ駅舎に背を向けて帰ろうとしたそのとき、筆者はロータリーに立つスーツ姿の壮年男性と目が合った。その男性は白髪をびしっと後ろに流し、しゃんと背筋をのばして、両手を身体の前で重ねていた。男性の背後にはハイヤーが停まっていた。黒光りする車体に、男性の後ろ姿が反射して映っていた。

男性は筆者に気づき、あの人がそうだろうか、という感じに軽く首をかしげた。誰かを待っているらしい。

まさか。そんなはずは。冗談だろう。

筆者は思った。だが恐る恐る歩み寄る、パーカーにハーフパンツ姿という貧乏くさい格好をした男に、壮年男性は言ったのだ。

「早田様でいらっしゃいますか」と。

2

ハイヤーは都心から一時間半ほど走り、郊外の高級住宅街に入った。適度な間隔を保って建てられた一戸建てはどれもお洒落《しゃれ》で意匠を凝らされており、すべての家に庭が付いている。都内の築三十年を超えるマンションの賃料を恋人と折半《せっぱん》して暮らす身には、街全体がテーマパークのように思えた。とても平和で、清潔で、まったく生活感がないのが少し気味悪くもある。

住宅街のもっとも奥まった場所にある、ひときわ豪華な門扉《もんぴ》の前で車をおろされた。門扉の前には、ロングスカートを穿《は》いた女性が待ちかまえていた。髪は白いものがちらほらと交じる程度だが、頬がこけて肌艶《はだつや》がよくない。脚が悪いのか杖をついており、こちらを向いた笑顔が小刻みに震えている。七十歳前後といったところだろうか。

「早田様。お待ちしておりました」

家政婦のようだ。だが脚が悪くて家事などこなせるのだろうか。それともほかにも家政婦がいるのか。そんなことを考えながら、彼女に続いて門扉をくぐった。手入れの行き届いた芝生に緩やかなカーブを描くように配置された石畳のアプローチだけで、二十メートルほどあるだろうか。その先にある扉では、丁寧に塗られた漆《うるし》が重々しい光沢を放っている。ベストセラー作家の住まいは「お屋敷」という表現がぴったりの豪邸だった。

こんな漫画のような豪華な暮らしをしている人間が実在するのか。自分との格差にため息が出た。だがその家を後にするときには、この大きな邸宅と広い庭が鴨志田玲という作家の抱える孤独の大きさを表しているように思え、また違った意味のため息を漏らすことになるのだが。

玄関で靴を脱ぎ、長い廊下を歩いて突き当たりの部屋に通された。とても広い部屋だった。高い天井の間際まで大きな窓が嵌《は》められ、差し込む日光が幾重《いくえ》もの光線を織りなす様子は荘厳《そうごん》ともいえるもので、礼拝堂にでもやってきたかのような厳粛な気持ちになる。

光のカーテンの中に革張りの椅子があり、そこに一人の女性が腰かけていた。膝掛けで覆《おお》った太腿《ふともも》に両手を置き、こちらに微笑《ほほえ》みかけている。

彼女が鴨志田玲である。

そう、鴨志田玲は女性だったのだ。鴨志田氏は覆面作家として活動していたため、この事実に驚かれた読者も多いのではないだろうか。

鴨志田氏がこれまでに発表した作品は百を超えており、作風もミステリー、ラブストーリー、ホラー、冒険小説、時代小説と多岐にわたるが、すべてに共通するのは硬質で簡潔な文体である。きわめて男性的な文章であるため、氏を男性だと思っていた読者も多いだろう。

もっとも先にも述べたように、筆者は鴨志田氏についての予備知識がほとんどない。ここに記す鴨志田玲についての情報や世間的な評価は、のちにインターネットで検索したもののほか、学生時代に鴨志田氏の著作を読みあさったという筆者の恋人からの伝聞によるものだということを断っておく。筆者は先入観を抱くほど、鴨志田玲という作家を知らない。

それでもやはり、筆者は驚いたのである。

鴨志田氏がただ女性だったというだけでなく、非常に容姿のすぐれた女性だったからだ。

鴨志田玲の本は読んでいなくても、鴨志田玲原作の映画やドラマのＣＭなどは、幼いころからテレビでよく見かけた。若くしてデビューしたとしても、少なくとも現在は五十歳を超えているはずだ。だがとてもそうは見えなかった。かといって、けっして若作りというわけでもない。はかなげで、どこか少女のような可憐《かれん》さを残した、美しい女性だった。

「あなたが早田さんなのね」

それが彼女の第一声だった。やや吐息をはらんだような、耳に心地のよい大人の女性の声だった。それにたいする筆者の返答は、名刺も持たずにすみません、だっただろうか。正直なところ記憶が曖昧《あいまい》だ。

なにしろ鴨志田氏からのメールをいたずらと決めつけ、気の置けない友人と会うような軽い気持ちで出かけてきたのだ。それがこんなことになるとは。まったく予想外の展開に完全に舞い上がっていた。それに高級そうな調度品で統一されたこの静謐《せいひつ》な空間で、リラックスした服装の筆者は明らかに調和を乱す異物だった。名画に誤って落ちた一滴のペンキになった気分だ。勧められたソファに腰を下ろしても、どうにも落ち着かない。ソファはきわめて上等で、座り心地も申し分なかった。それなのに落ち着かないのは、ここに自分が存在すること自体が間違いだと感じているためだ。

門扉の前で出迎えてくれた女性が、部屋の扉の近くの椅子に当然のような顔で腰かけたのにも面食らった。来客を誘導し終えたら立ち去るものだと思っていたが、ずっと部屋にいるつもりらしい。こういうものなのだろうか。家政婦のいる生活が、筆者には想像できない。

しばらく奇妙な沈黙が流れた。鴨志田氏が言葉を発する気配はない。背中にも老女の視線を感じる。

こちらから不用意に口を開くのも、この空間の均衡《きんこう》を崩してしまうようではばかられた。だがずっと黙っているわけにもいかない。

思いきって訊ねた。

「あの、僕になんのご用でしょうか」

「私を取材して欲しい」

かぶせるようにいわれたので、はっきりと聞き取れなかった。というより、聞き取れたが意味を図りかねた。

えっ、と怪訝《けげん》そうな顔をする筆者に、鴨志田氏は繰り返した。

「ライターとして、私を取材して欲しい」

「取材、ですか」

「そう。取材」

ライターとしてのキャリアもそれなりに積み、初対面の相手と話すことには慣れているつもりだった。だがそのときの筆者は、お遊戯会の劇で台詞《せりふ》を忘れた幼稚園児のようだった。言葉が出てこない。

そんな筆者を弄《もてあそ》ぶように、彼女がさらなる告白をする。

「私は筆を折ろうと思っている」

筆を折る——つまり作家業から引退するということである。

「いますぐ、というわけにはいかないけれど。長いことこの仕事をやってきたし。いま決まっている、いくつかの仕事を終えたら」

自分なんかがこんな話を聞いていいのだろうか——まず思ったのは、そんなことだった。先にも述べたように、筆者は鴨志田玲の熱心な読者ではない。そもそも小説というものをそれほど読まない。もっと熱心な読者なら、それこそ筆者の恋人のような鴨志田玲のファンなら、残念です、とうなだれたり、もっと書けますよ、書いてください、と叱咤《しった》したり懇願したりもできるのではないか。鴨志田氏はそういう反応を望んでいるのではないのか。そういう反応を自然にできるような人物こそが、この場に相応《ふさわ》しいのではないか。

「なぜ、ですか」

ようやく絞り出した質問には、即座に回答があった。

「病気だから。私、パーキンソン病なの」

彼女はそういって、自分の手首を反対の手でつかんだ。これまで頑張ってくれてありがとうと労《ねぎら》うようなしぐさだった。

彼女いわく、振り返ってみれば何年も前から兆候が表れていたらしい。手足が震えたり、なにもないところで転倒したりすることもあったそうだ。だが月に平均して五百枚もの原稿を書き上げる売れっ子作家である彼女は、疲労や加齢の影響だと自己診断を下し、病院には足を向けなかった。子供のころからほとんど風邪すら引いたことのない健康な身体であったことも、発覚が遅れる一因となった。

部屋の隅にひっそりと控える家政婦は、看護師の資格を持っているそうだ。医師の診断が下ってから雇ったのだという。

「だから、小説を書くのをやめる。やめて、治療に専念する。この状態じゃ締め切りも守れないし、もうじゅうぶん書いたし」

そう、もうじゅうぶんよねと繰り返す彼女は、少なくとも筆者の目には、本当にさっぱりした表情に見えた。

鴨志田氏はデビュー以来、年齢や出身地、性別などのプロフィールをいっさい明かさない覆面作家として活動してきた。新刊プロモーションなどのマスコミ向けインタビューはおろか、出版社からの執筆依頼もメールのみのやりとりで済ませてしまうそうだ。版元の接待を拒み、パーティーの類《たぐ》いにも顔を出さない。文学賞へのノミネートもすべて辞退していたというから、その覆面ぶりは徹底している。そのため各社の担当編集者ですら、ほとんどが鴨志田玲の正体を知らないのだという。

それはひとえに、読者に物語のみを届けたいという彼女のこだわりによるものであったが、そういった姿勢こそが、鴨志田玲という名前に神秘性を与えた側面もあったようだ。作家・鴨志田玲の正体については憶測が憶測を呼び、根も葉もない噂《うわさ》を形成してきた。筆者がネット掲示板にアクセスしてざっとピックアップしただけでも、鴨志田玲は複数の作家が集まって結成されたユニット名であるとか、代々引き継がれる名跡であるとか、重罪を犯した逃亡犯であるために世間に顔をさらすことができないのだとか、荒唐無稽《こうとうむけい》としか思えない噂が一人歩きしていた。

彼女は断筆にあたり、すべてを清算したいのだと語った。パーキンソン病になり、死というものを強く意識するようになったためだという。

「ひらたくいえば終活……ということになるわね」

「終」を「就」と脳内変換して首をひねる筆者に、「若者にはこの言葉の意味がわからないか」と彼女は苦笑した。

小説家は物語だけを生み出していればいいと信じて走り続けてきたが、振り返ってみれば、物語の副産物として鴨志田玲というペンネームにまつわる巨大な虚像が構築されていた。最後にその虚像を壊したいのだと、彼女は語った。

なるほど。言わんとすることはわからなくもない。だが、大きな疑問が一つあった。

「どうして僕なんですか」

そう。二十八年もかけて形成された彼女の虚像を破壊するとなれば、責任重大だ。そんな大事な役割を得体の知れない――おそらく彼女から見ればそうだろう――フリーライターなどに任せてしまっていいのだろうか。ほかにもっと適役がいるのではないか。

だが「だからいいの」と鴨志田氏は言った。

病気のことは各社の担当編集者に知らせていないし、これからも知らせるつもりはない。文芸に詳しいライターに依頼すれば、どこから情報が漏《も》れるとも限らない。それに虚像を破壊しようとするのなら、鴨志田玲という小説家への先入観は邪魔になる。小説家としての鴨志田玲をまったく知らない人間の目から、自分を客観的に描いて欲しい。それが彼女の言い分だった。

ここまで聞いて、筆者の中にある疑問が生まれた。

「掲載する媒体は決まっているんですか」

生々しい話で恐縮だが、取材してくれということならば、まぎれもなく仕事の依頼になる。掲載・刊行する媒体のあてはあるのか。それぐらいは確認しておきたい。発表するあてがなければ、報酬のあてもない。無償のボランティアで仕事をするほどの余裕はないし、申し訳ないが、それほどのファンでもなかった。

「決まっていない」

案の定だった。ならばこの話は断ろうと思った。編集者から一週間で一冊の本を書き上げてくれと無茶ぶりされるような便利屋のフリーライターでも、自分なりの矜持《きょうじ》はある。情に流されてただ働きはしない。

ところが、彼女から思いがけない提案があった。

「原稿料は私が払う」

発表するあてもない原稿にたいし、彼女自身が個人的に報酬を支払うというのだ。しかも、提示された原稿料は、知名度の低いフリーライターにとっては破格ともいえる金額だった。

取材・執筆にあたり、彼女からの条件はいくつかあった。左に列挙してみる。

・彼女の体力を考慮して取材は週に一日。二時間を限度とする。取材の回数に制限はなく、筆者、もしくは鴨志田氏のどちらかが取材終了の判断を下した時点で取材は打ち切りとなる。

・取材対象に忖度《そんたく》した内容にしてはならない。あくまで筆者の目から見た真実を描くべし。取材対象に気を遣《つか》って内容を脚色していると彼女が判断した場合、この業務委託契約は一方的に解除される。

・原稿の著作権は筆者自身に帰属するものとする。どの出版社に持ち込もうと、どの媒体で発表しようと自由。ただし彼女が許可もしくは死亡するまで発表してはならないし、どこかの編集部に原稿を持ち込んだり、知人の編集者など、出版関係者に仕事の内容を話したりしてもならない。

いろいろと引っかかる部分はあるものの、提示された原稿料を考えれば「美味しい」仕事であるのは間違いない。発表するあてのない原稿を書くことにたいする抵抗感がまったくないと言えば嘘《うそ》になるが、吹けば飛ぶような零細《れいさい》フリーライターの、背に腹は代えられない懐《ふところ》事情もあった。

筆者はこの依頼を受けることにした。彼女の真意は見えないし、鴨志田玲という作家や、彼女の作品にたいしてなんの思い入れもない人間が引き受けていいのだろうかという葛藤《かっとう》や後ろめたさはある。だが、彼女自身がそういう人材を求めているのだ。筆者が断ったところで、同じような条件をそなえた書き手を探すだけだろう。

かくして筆者は毎週、鴨志田玲の自宅に通うことになる。

3

——本日から取材させていただきます。よろしくお願いします。

（微笑を浮かべ）こちらこそよろしく。良い原稿にしてね。

——頑張ります（笑）。まずは大変失礼ながら、インタビュアーである私は取材対象者である鴨志田先生の著作をほとんど読んだことがありません。高校生のときに一冊読んだきりです。

失礼じゃない。そういう人を探していたのだから。

——その理由を聞かせていただけますか。

早田さんにインタビュアーをお願いした理由？

——そうです。

イケメンだったから。

——（笑）。ありがとうございます。本当の理由も教えていただけますか。

それも本心よ。あのサイト、顔写真も載せていたでしょう。

——私が映画評を寄稿していたポータルサイトのことですね。（鴨志田氏は筆者がポータルサイトに寄稿していた映画評を読み、筆者がSNSに掲載していた仕事用メールアドレスに連絡をくれた。そのポータルサイトには簡単なプロフィールとともに筆者の顔写真も掲載されていた）

そう。あのサイトの映画評を読んで、とても洗練された良い文章を書くと思った。だからメールしたの。

——メールをいただいて驚きました。実際にお会いするまでは、友人のいたずらだと思っていました。

そんなに手の込んだいたずらをしそうなお友達がいるの。

——ええ。何人か心当たりが（笑）。それで私をインタビュアーに指名した理由ですが。

文芸にかかわっていない書き手にお願いしたかったから。

——なぜですか。

パーキンソン病で身体の自由が利かなくなってきたので、いま抱えている仕事を終えたら筆を折ろうと思っている。病気のことはもっとも信頼する一人の担当編集者以外には話していないし、最後まで話すつもりもない。文芸畑のライターなんかに取材させたら、必ず情報が漏れる。この業界がとても狭いのは、早田さんもご存じでしょう？

——ええ。よくわかります。小さなムラですね。

あとは、インタビュアーに私をベストセラー作家という色眼鏡で見て欲しくなかった。私の本を読んでいたり、読んでいなくても文芸畑のライターだと、どうしても萎縮《いしゅく》してしまうと思うもの。

──私のような普段小説を読まない人間でも、鴨志田玲の名前は知っていました。ですから緊張しています。

でも文芸ライターよりは先入観も少ない。ありのままの私を切り取って欲しい。

──先生が失望する結果にならないように努力します。うかがいたいのですが、なぜ病気のことを編集者に伝えないのですか。素人考えかもしれませんが、正直に状況を伝えたほうが配慮してもらえて、仕事もしやすくなるのでは。

たしかにそうかもしれない。表面上は、各社の担当は気遣ってくれるでしょうね。でも中には、それを商売に利用しようとする編集者も出てくるかもしれない。

──病気や断筆を宣伝材料にするということですか。

そう。そんなことで本を売って欲しくない。私は二十八年間作家をやっているけれど、デビュー当初は顔出ししてプロモーションしようとか、ワイドショーにコメンテーターとして出演して名前を売った上で本を出そうとか、信じられない提案をしてくる編集者が何人かいた。私は物語の力を信じている。心をこめて綴《つづ》られた物語は、その物語を必要としている人のもとへ必ず届く。そう信じてやってきた。

――最後まで物語の力を信じたいということですか。

そういうことになるわね。

――ということは断筆されるけれども、断筆宣言はなさらない？

しない。読者にとって、私は作家のまま死ぬ。引き潮のように静かに去っていくつもり。

――ではこの取材はどうなるのでしょう。この原稿が発表されれば、これまでベールに包まれていた鴨志田玲という小説家の素顔を衆目に晒《さら》すことになりますが。

著作権はあげる。けれど私が生きているうちは、発表には許可が必要になる。

――ええ。ではご自身で許可を下すことはないと？

（しばらく考えて）わからない。病気や断筆のことを私から明かすことはないけれど、もしかしたらどこかから漏れてしまう恐れもある。そうなったときには、許可を出すかもしれない。私を神格化しようとする動きへの対抗措置として。このインタビューは、いわば保険みたいなものかもしれない。

――わかりました。

心配しないでもこの身体だからそう長くはないわ。私が死んだら、後は原稿を好きにしてくれてかまわない。どこかの編集部に持ち込むなり、ネットで発表した上で書籍にまとめるなり、いろいろやり方はあるでしょう。自分で言うのもなんだけど、よほどおかしなことをしない限り、かなりのお金になると思う。遺産分与みたいなものね。

――(困惑しながら)現時点でじゅうぶんな額の原稿料をいただいていますので。

欲がないのね。

――遺産分与という言葉が出ましたが、鴨志田先生にご家族はいらっしゃるのですか。

いないこともないわ。

――と、申されますと？

ほぼ音信不通の状態なの。

――ご両親とですか。

義理の両親。正確には親代わりをつとめてくれた、母方の叔母夫婦。本当の両親は私が小学校五年生のときに死んだの。それで叔母夫婦に引き取られて育てられたのだけど、それまで交流があったわけではないから、お互いに遠慮があって……だから高校を卒業して一人暮らしを始めてからは、叔母夫婦の家にはほとんど帰っていない。不仲というわけではないけれど、家族にはなれなかった、という表現で理解してもらえるかしら。

――ご両親が亡くなった原因をうかがっても？

火事。当時暮らしていた家が全焼して、両親が死んだの。

筆者はあまりの衝撃に言葉を失った。

浮世離れした豪華な生活ぶりと上品な所作から、なんとなく順風満帆《じゅんぷうまんぱん》な人生を歩んできたような印象を受けていた。成功者といってもスタート地点から有利だったのだろうと、どこかひがみ根性があったことは否めない。ところが鴨志田氏は、どん底から這《は》い上がってきた人物だった。火事で両親を失う。そんな壮絶な過去があったとは。予想していたよりもよほど陰影の濃い女性なのかもしれない。不謹慎かもしれないが、鴨志田玲という人物に俄然興味が湧いた瞬間だった。

筆者のような反応は慣れていたのだろう。「大丈夫。すごく昔の話だし、自分の中ではとっくに消化した出来事だから」と、彼女は笑いながらとりなした。

――このことは原稿に書いても？

もちろん。自覚はないけれど、私という人間を形成する大きな要素になっているはずだから。ただ申し訳ないけれど、火事の前後の記憶がすっぽりと抜け落ちているの。自分で逃げ出したはずなのにどうやって逃げたか思い出せなくて、気づいたら自宅が炎に包まれていて、私はそれを見ていた。だから詳しくは話せない。早田さんのご両親はご健在？

――母は健在ですが父はすでに他界しています。

そうなの。悪いことを聞いちゃったわね。

――とんでもないです。

差し支えなければ、お父さまの亡くなった理由を聞いても？

――交通事故だそうです。私はまだ三歳になったばかりのころでしたし、父ともすでに一緒には生活していなかったようなので、詳細はわかりません。

一緒に生活していなかった？

――父が亡くなる数か月前、両親は離婚していたそうです。

そう……大変だったのね。

――いえ。大変だったのは女手一つで私を育ててくれた母です。私自身はそれほど。

お母さまももちろん大変だったでしょう。でも、早田さんも寂しい思いをしたのではないの。

――そうでもありません。物心ついたころから父は存在しないものだったので、寂しいとも思いませんでした。最初からいないものは、失うこともないのです。

けれど、同級生の子たちの家庭には当たり前にお父さんがいる。ほかの子と自分を比べたことは？

――ありません。

思いがけず強い調子で否定してしまい、鴨志田氏が怯《おび》えたように顎《あご》を引く。

筆者は我に返り、「すみません。インタビューする側とされる側が逆転してしまいましたね」と誤魔化した。彼女が「私こそ悪かった。少し調子に乗り過ぎてしまったようね。ごめんなさい」と申し訳なさそうに肩をすくめる。冗談めかしたような口調だが、こころなしか瞳が潤《うる》んでいる。本当に怖がらせてしまったようだ。筆者は反省した。触れて欲しくない古傷に触れられたのは事実だが、そんなものは彼女の凄惨《せいさん》な過去に比べればたいしたことはない。過剰反応だった。

――いえ。悪いのは私です。父についてはあまり良い感情を持っていないものですから。

なぜ？

――父は浮気した末に、私と母を捨てました。母はそんな父を恨み、父にかんするものをすべて処分しました。写真も見たことがありません。私は父の顔すら知らないのです。いや、三歳までは一緒に生活していたから、父の顔を覚えていない、という言い方が正確でしょうか。ずっと父を恨むべき対象として教えられて育ったし、実際に恨んでいます。交通事故死も、自業自得とすら思っています。

そうだったの。

――ええ。ですがそういった感情を他人にぶつけるのは筋違いでした。ましてや、私などよりよほど大変な経験をなさっている鴨志田先生相手に。すみませんでした。

私が謝罪すると、鴨志田氏は複雑そうな表情で唇を曲げた。

4

鴨志田玲の取材を開始してから一か月が過ぎた。

週に二時間の取材を四回だから、計八時間をともに過ごしたことになる。プロットの組み立て方や煮詰まったときの対処法、気分転換の方法など、いかにも小説家へのインタビューらしい話をすることもあれば、なにを食べたとかどこに行ったとか、意味のない雑談に終始する日もあった。もっとも、鴨志田氏は病気に関係なく、もともと街を出歩いたりすることは少なかったらしい。雑談は筆者が話し役、彼女が聞き役になることがほとんどだった。彼女は物語を紡《つむ》ぐことに没頭するあまり、自らがフィクションの世界の住人になったようだった。筆者のたわいもない話に目を輝かせる彼女は無垢《むく》な少女のようでチャーミングだが、実際には人生の黄昏《たそがれ》に差しかかるような年齢なのである。家族もなく親しい友人もいない。ただひたすら小説を書き続けてきた。間違いなく成功者だが、はたして幸福な人生といえるのだろうか。

ある日、筆者は神田にある小さな出版社に打ち合わせに出かけた。旧知の編集者Ｋから、ゴルフ専門のウェブマガジンのインタビュー記事を任せたいという依頼が入ったのだ。筆者はゴルフをプレーしないし、知識もまったくないのだが、だからといって断る選択肢はない。サブカル界隈で名の売れたタレントライターと違い、筆者のような便利屋ライターの代わりはいくらでもいる。

幸いなことにインタビュー相手のグラビアアイドルもゴルフ初心者らしく、高度な知識は必要なさそうな企画だった。だから早田ちゃんに振ったんだ、よろしく頼むよ、期待してるんだからと、筆者より一回り年上のＫから調子よく発破をかけられた。

筆者は、Ｋが文芸畑の出身だということを思い出した。以前は大手の出版社で有名な小説家たちを担当していたんだ、あいつもそうだ、こいつもそうだ、あのベストセラーはおれが作ったんだと、酔うと自慢が止まらなくなる男だった。それなのになぜいまは吹けば飛ぶような零細出版社でゴルフのウェブマガジンを手がけているのかわからないが、この業界は本当にこういう意味不明の横の移動が多い。

「そういえばKさん。Kさんが前にいた版元、鴨志田玲の本も出していましたよね」

鴨志田玲のインタビュー取材を行っていることを明かしてはいけない契約だが、鴨志田玲の話をまったくしてはいけないということではない。これぐらいなら問題ないだろう。

「もちろんだよ」

あまりに得意げなのでもしかしたらKが担当だったのかと期待したが、違うらしい。Kの後輩の編集者が担当だったようだ。その後輩編集者はどこからか鴨志田玲のメールアドレスを入手し、駄目元でコンタクトを試みたという。その結果、連絡が取れ、鴨志田玲の原稿を勝ち取ったのが八年前のことだった。以来、その版元からは鴨志田玲の本が五冊刊行され、五冊合わせて百二十万部を突破しているという。筆者のような業界の底辺で喘《あえ》ぐ貧乏ライターには信じられない、景気の良い話である。

「そういう経緯ってことは、その担当編集さんも鴨志田先生とは面識がない？」

「当たり前じゃない。早田ちゃん知らないの？　鴨志田玲が覆面作家なの」

「知っています。けど、担当さんですら会えないなんて徹底してますね」

「本当だよ。よほどの変人なんだろうな。まあ、作家ってのは変わったやつが多いからさ。編集としてはご機嫌うかがいも接待もなしに原稿もらえるんだから、楽なもんだけど」

「じゃあやっぱり、この業界に鴨志田先生の正体を知る人間は存在しないってことなんですかね」

「いや。さすがに鴨志田玲を発掘した評文《ひょうぶん》社の担当編集と面識がないってことはないだろう」

「評文社、ですか」

訊《き》き返す筆者に、Kがそんなことも知らないのかという顔をする。

「鴨志田玲は評文社小説大賞の出身だ。プロアマ問わずの公募文学賞な。いまはもうなくなってるんだけど。それの第何回だか忘れたが最終選考に残ったんだが、たしか受賞できずに落選したんだよ。でも鴨志田の原稿に惚《ほ》れ込んだ編集者がいて、たしかそいつと二人三脚で原稿をブラッシュアップして、刊行にまでこぎ着けたという話だ。鴨志田としても恩義を感じてるんだろう。著作の半分ぐらいは評文社から出てたと思う」

「そうだったんですか」

そういえば鴨志田氏は病気のことを「もっとも信頼する一人の担当編集者以外には話していない」と言っていた。「もっとも信頼する一人」というのがそうだろうか。

「そうだよ。ってかさ、早田ちゃん。小説なんか読むんだっけ」

「いえ、ぜんぜん。うちの彼女が好きなんですよ」

「そうなのか」

「ええ。だから鴨志田先生のサイン本とか出回ってないのかと思って」

きょとんとした顔で筆者を見ていたKが、ふいに噴き出した。

「なんですか」

「いや。鴨志田玲を『先生』呼びしてるから、らしくないなと思って」

肝を冷やした。たしかに鴨志田氏と面識ができる前なら、小説家の名前なんて呼び捨てにしていた。

「そういえばどうなの、彼女とは」

「どうって、別に。そんなに深い付き合いでもありませんし」

「なに言ってんだ？　もしかしておれの知ってる彼女とは別れたのか」

怪訝そうに眉をひそめられ、はっとなった。Kのいう「彼女」とは、筆者が同棲《どうせい》している交際相手のことだ。

「まだ続いてます。相変わらずです」

「なんだ。深い付き合いでもないとか言うから、前に聞いてた彼女と違う人なのかと思った。別れたのかと思って、こりゃまずいこと聞いたかとひやっとしたよ。早田ちゃん、浮気でもしてんの」

「しませんよ」

「火遊びはほどほどにしときなよ。おれなんかがおせっかいなこと言えた義理じゃないんだけどさ」

たしかにKに言われる筋合いはない。彼は昨年三度目の結婚をしたばかりだ。

「してませんってば」

なにか悟《さと》られやしないかとひやひやしたが、Kは筆者の勘違いを重く捉《とら》えてはいないようだった。それもそうだ。Kは鴨志田玲が女性であることすら知らないはずなのだから。

「いまの彼女、もうけっこう長いよな」

「五年……ぐらいですかね」

「一緒に住み始めてからは」

「三年です」

「彼女いくつだっけ」

「三十になりました」

「もうなったの」Kは意外そうな顔をした。「年上だったんだ」

「僕の二つ上です」

「そっか。じゃあそろそろって感じか」

「いや……」答えに詰まってしまう。

「なんだよ。なにが不満なんだ」

「不満はありません」

そう。恋人に不満はない。問題があるのは筆者自身のほうだ。

スポーツライターとして名をなそうとこの世界に飛び込んだのに、なんでも請け負《う》う『早い・安い・品質はそれなり』の便利屋ライターになってしまった。生活のために仕方なく引き受けた急場しのぎの仕事のはずが、いまや大事な柱として中心に据《す》えざるをえない現状だ。いつか一つのチーム、一人の選手に密着してじっくり取材したスポーツノンフィクションを自分の名前を冠して刊行するのが夢だったはずだし、いまでもその夢は持ち続けているつもりだが、現実には一歩も前に進めていない。忙しい、タイミングが合わない、そのうちいつか。自分に言い訳をしながら目の前の雑事に忙殺《ぼうさつ》されるうちに、焦りすらも感じなくなった。そんな筆者を、彼女はいまでも応援してくれている。そのうちいつかという言い訳を、真《ま》に受け続けてくれている。ときどきそのやさしさや真《ま》っ直《す》ぐさが苦しくなる。

「僕がこんなフラフラした状況じゃ、まだそこまで考えられないです」

「でも早田ちゃんの都合だけの話じゃないでしょう。彼女はどう言ってるの」

「それは……わかりません」

わからないのではなく、知りたくないのだと思う。知ってしまえば、彼女の望む幸せを与えられないことが明らかになる。彼女にはもっと相応しい男性がいることを、自覚してしまう。

「そうか。もうちょっとちゃんと考えてあげたほうがいいんじゃないの。駄目なら駄目で、年齢的にもさっさと次に進んだほうが彼女のためだろうに」

「はあ」

曖昧に首をかしげることしかできないのが、筆者には情けなかった。

5

鴨志田玲にはまったく関係のなさそうな編集者Kとのなにげない会話を先に記したのには、理由がある。

後述のインタビューをお読みいただこう。その日の鴨志田氏は、最初からいつになく剣《けん》呑《のん》な空気を発しており、筆者が対面のソファに腰を下ろすなり、「なんてことをしてくれたの」とまなじりを吊《つ》り上げた。

——なんのことをおっしゃっているのですか。

とぼけないで。評文社の私の担当編集者に、Kという男から問い合わせがあった。早田さんの知り合いでしょう。

——（筆者はぎくりとなった。まさかKが鴨志田氏の担当編集者にコンタクトを取るとは。いったいどういうつもりだろうか）Kさんにはいつもお世話になっています。ちなみにどういう用件だったのですか。

知人に私の大ファンがいるから、サインをもらえないかと言われたらしいわ。

——（大ファンというのは、筆者の恋人のことだろう。Kなりに気を回してくれた結果のようだ）もしも私が取材の情報を漏らしたと思われているのなら、それは誤解です。知人の編集者が文芸畑出身だったので、鴨志田先生についてなにか知っているか、興味本位で探りを入れました。そのことについては謝ります。すみませんでした。ですが取材についてはいっさい漏らしていません。なぜ急にそんなことを訊くのかと勘《かん》ぐられたので、恋人の話を持ち出して誤魔化したんです。

……それならいいけど。

——ご迷惑をおかけしました。知人の編集者にも変な意図はないはずです。私が同棲中の恋人とうまくいっていないのではと心配して、サプライズで先生のサイン本をプレゼントしてくれようとしたのでしょう。

かりにそうだとしても、今後は業界の人間に私のことを聞き回るのはやめて欲しい。

——わかりました。申し訳ありませんでした。

わかればいい。ところで、恋人とうまくいっていないというのは本当なの？

——いえ。そういうわけでは。交際期間が長いのに結婚しないから、うまくいっていないと思われたのだと。

そういうことね。結婚する気はあるの？

——ないわけではありませんが、正直なところ、結婚というかたちにそれほどこだわってもいません。

そう。彼女のほうは？

——……わかりません。

意思の統一ができていないのはよくないわね。いまの時代、必ずしも結婚という制度にこだわる必要はないと思うけれど。(そこまで言ってふと頬を緩め) でも、私なんかが恋愛指南する資格はないか。

——失礼ですが、ご結婚は。

していないし、これまで一度もしたことがない。

――ご結婚なさろうと考えたことは?

(曖昧に)ないわけではない、けれど。結局しなかった。

――それはやはり、結婚という制度にこだわりがないからですか。

(しばらく考えて)そうね……と答えられたら格好いいのかもしれないけど、残念ながら違う。私の小さいころの夢はお嫁さんになることだった。大人になってからも結婚願望がなくなったわけじゃない。

――それでは出会いに恵まれなかったということでしょうか。

その表現は適切ではない。まるで運が悪かったと、なにかのせいにしているみたいだもの。

――違うんですか。

違うと思う。結婚願望があるのに結婚しなかったのは、運でもなんでもなく、私自身に原因がある。

――その原因をうかがっても?

誰でもよかったわけじゃなかったから。

――理想が高すぎた、ということでしょうか。

ある意味ではそうかもしれない。ほかの誰かじゃ駄目だったのだから。

――つまり特定の相手がいたということでしょうか。

そう。

――かつての交際相手が忘れられない人？

そんなところ。私にとってとても大切な人。私に人生をくれた人。小説を書くきっかけを与えてくれた人。いつか彼に読んで欲しい。私の書いた小説が彼に届いて、彼を楽しませたり、いやなことを忘れさせたりして欲しい。私はたぶん、ずっとそう思って小説を書いてきた。たった一人の読者――いや、読者でいてくれるかどうかもわからない人のことを想いながら……ちょっと引いた？

――いいえ。そんなことはありません。とても大事な方だったんですね。その方のお話を、もう少し詳しくお聞かせ願えますか。

私は引っ込み思案でおとなしい子供だった。友達もいなくて、いつも空想に耽《ふけ》ってばかりいた。彼は私の空想に価値があると教えてくれた。私は彼を楽しませたくて、いつもお話を考えていた。

――小説家・鴨志田玲の原点ですね。

そういうことになるわね。彼と出会っていなければ、私は小説を書いていなかったかもしれない。いや、かもじゃない。彼がいなければ、小説を書いていなかった。間違いない。

──『お話』とおっしゃいましたが、幼いころのことですか？

ええ。彼と出会ったのは、小学校五年生のときだった。

──鴨志田先生の作ったお話を楽しんでくれ、小説家になるきっかけを与えてくれたから、その男性が特別な存在になった？

それだけではないけれど……でも、まあそんなところ。

──あまり話したくありませんか（笑）。

（笑）。そんなことはない。ほかにはなにが聞きたいの。

──その男性のお名前は？

それはごめんなさい。言えない。あなたが彼の素性を調べないとも限らないもの。

──そんなつもりはないと言っても、いまの私では信用ありませんね。

信じたいけれども、万に一つでも彼に迷惑がかかるような事態は避けたい。Aくんという名前にでもしておいて。

──わかりました。そのAさんは同級生ですか？

そう。隣のクラスだったけど、彼の妹さんを通じて仲良くなった。私は最初いじめられていて、クラスで孤立していたけれど、彼が友達になってくれて、いじめをやめさせてくれた。私のことを最後まで守ってくれた。

——最後まで、と申されますと？

　火事。

——そうでした。たしかご両親が亡くなられたのも、五年生のころとおっしゃっていましたね。

　両親が死んで、埼玉の上尾《あげお》に住む叔母夫婦に引き取られることになった。だから彼とは離ればなれになったの。

——ということは、一年も一緒に過ごしていない？

　そうね。いつごろから話をするようになったのかははっきりと覚えていないけれど、火事が起こったのが十月の中頃だったから、長くても半年弱ということになる。

——たったそれだけの期間、しかも小学五年生のころに一緒に過ごしただけの男性を、いつまでも忘れられずにいるのですか。

　悪い？（笑）

——いえ。悪くはありませんが、驚きました。

　気持ち悪いと思った？

——そんなことは……。

いいのよ、気を遣わなくても。自分でも自分が怖いと思うもの。もちろん、これまでの人生でまったく男性とお付き合いした経験がないわけではないわ。何人かの男性とは、真剣にお付き合いもした。プロポーズされたこともある。けれどお断りした。生涯をかけて愛せる自信がなかったから。

――Aさんは、いまどこでなにを?

(首を横に振る)わからない。

――捜そうとは思わないのですか。

思わない。

――なぜですか。苗字《みようじ》が変わることが多い女性と違い、男性の場合は捜索が比較的容易です。もしもAさんがSNSでもやっていたら、見つかるかもしれません。

でも、もういいの。

――しかしほかの男性とお付き合いしても心が動かなかったのですよね。それだけ大事な存在なのですよね。

こんなふうになった私を見られたくない。

筆者ははっとなった。いつも普通に話しているのでつい忘れがちだが、彼女は病に冒《おか》されているのだ。つねに椅子に座った状態で立ち上がろうとしないのも、歩行が困難なせいかもしれない。意中の男性に会いたいという気持ちはあっても、病気で弱った自分を見られたくないというのは、当然の心理だろう。

だがこのままでいいのだろうか。彼女は小学五年生のころの一時期片思いした相手のことを、いまだに引きずり続けている。その男性がどこかで読んでくれることを願って、作品を生み出してきた。いわば日本中の多くの人々を楽しませてきた彼女の作品群は、すべて特定の男性に向けたラブレターだったのだ。彼女にそれほど強烈な思いを抱かせる理由はいったいなんなのか。人生経験も恋愛経験も乏しい筆者には到底想像も及ばないが、後悔を残さないためにやるべきことは、スポーツライター志望のフリーライターに自分を取材させることではないと思う。このままでいいのだろうか。言われるままにインタビューを続けるだけでいいのだろうか。

その日の取材を終え、玄関を出て門扉までの石畳を歩きながら、筆者は前を歩く瘦《や》せた背中に声をかけた。

「すみません。ちょっとだけお話を聞かせていただいてもよろしいですか」

看護師資格を持つ、この家の家政婦である。スロー再生のようにゆっくりとこちらを振り向いた彼女は、大きく目を見開いていた。話しかけられてよほど驚いたらしい。これまで何度も鴨志田邸に通う中で挨拶《あいさつ》ぐらいは交わしていたが、きちんと彼女に話しかけたのはそれが初めてだった。

金魚のように口をパクつかせる彼女に、筆者は畳みかけた。

「僕と鴨志田先生の会話、ずっと聞いていらっしゃいましたよね。あなたは鴨志田先生に小説を書くきっかけを与えたというAさんについて、鴨志田先生からなにか話を聞いたことはありますか」

「え、と……私からは、なにも申し上げられません」

家政婦が戸惑いながらかぶりを振る。狼狽《ろうばい》のせいか、少しろれつも怪しい。Aさんについてなにかを聞いているのだろうと確信した。

「Aさんについて情報を聞き出そうというのではありません。ただ先生の話をうかがっていて、このままでいいのだろうかと疑問に思ったんです。先生はAさんのために小説を書かれてきたのに、Aさんに届いているかどうかすらわからないままです。はたしてそれでいいのかと」

「届いています」

「なぜわかるんですか」

つい詰問《きつもん》口調になった。家政婦が怯えたように視線を落とす。

「そう願っているからです」

「願うだけでなく、実際にたしかめてみたらどうですか。先生の想いが、その男性に届いているのかどうか」

「いけません」

「どうしてですか」

「先生がそれをお望みですから」

家政婦がほとんど唇を動かさずに答える。消え入りそうな、思わず聞き返してしまいそうになるほどの弱々しく小さな声だ。

「本心からそれを望んでいらっしゃるんでしょうか。先生はAさんを捜そうとしない理由を、病魔に冒され弱っていく自分を見られたくないからだとおっしゃいました。そのお気持ちは理解できなくもありませんが、少なくとも私の目に映る先生はお元気だし、じゅうぶんにお美しいと思います」

「私もそう思いますが、ご自身ではそう思っていらっしゃらないのでしょう。本人が会いたくないとおっしゃっているのに、無理強《じ》いはできません」

「では会う会わないは別として、Aさんを捜して先生の物語が届いているか確認するのはどうですか。先生はAさんのために小説を書いていたんです。それぐらいしても罰は当たらないでしょう」

地面の一点を見つめてしばらく考えている様子だった家政婦が、やがて顔を横に振る。

「駄目です。契約内容はご存じですよね。先生が終了と判断なされば、その時点で取材は終了になります」

「もちろん承知しています。ですが、先生に忖度した内容の原稿にしてはならないという条件も、契約に入っているはずです」

「とにかく駄目です。先生の身体にあまり負担をかけないでください」

家政婦はそれ以上の話し合いを拒《こば》むように、大きくかぶりを振った。

「薬にこそなれ、負担にはならないと思いますが。Ａさんは先生にとって大事な人です。どう転んでもマイナスに作用はしないでしょう」

「そんなことはありません。たとえばＡさんが幸せな家庭を築いていたとしたら？　あるいは、すでに亡くなっていたとしたら？」

筆者は思わず言葉に詰まった。たしかにそうかもしれない。年齢を考えれば、Ａさんが独身である確率は高くない。どうにかして捜し当てたとしても、小説とは縁遠い生活を送っているかもしれないし、場合によっては、鴨志田氏のことを覚えてすらいない可能性もある。なにしろ小学五年生のたった半年だ。

「なぜ鴨志田先生は、Aさんのことをそこまで……？」

あらためて疑問が湧いた。いったいどういう出来事があれば、幼いころの恋を一生引きずることになるのか。

「幻覚だと思います」

家政婦が唇を震わせながら、ぽつりと呟《つぶや》く。

「幻覚？」

「はい。パーキンソン病の症状として、患者さんが幻覚を見ることがあるのです。それまで先生がなぜお独りだったのかまでは知る由もありませんが、いま先生にとってAさんが大きな存在のように感じられているのは、幻覚症状が原因だと思います」

「つまり先生はAさんの幻覚を見ていると？」

「そうです。Aさんのことを想うあまり独身を貫いたという印象をお受けになったかもしれませんが、先生がAさんのことを頻繁《ひんぱん》に思い出すようになったのは、おそらくパーキンソン病を発症してからです」

「それでは嘘とは言わないまでも、Aさんのために独身を貫いたというのは、後付けの理由？」

「ええ。もちろん、嘘をついている自覚はありません。いまの先生ご自身にとって、それは紛れもない真実になっているのでしょう」

「そうですか」

全身から力が抜ける感覚があった。家政婦の説明はまったく筋が通っている。小学生のときの淡《あわ》い恋愛感情をいまだに引きずっているというよりは、よほど現実的だ。

鴨志田氏は小学校五年生の一時期、同級生のA少年に恋愛感情を抱いた。火事で両親を亡くしたことにより、その想いは成就することなく別れを迎える。その後、成長した鴨志田氏が何人かの交際相手と破局したことには、性格の不一致だとか忙しさによるすれ違いだとか、ごくありふれた理由があった。ところが鴨志田氏がパーキンソン病になり、A少年の幻覚を見るようになる。それによりそれまでのすべての破局が、A少年への想いを引きずっていたためという理由に塗り替えられた。鴨志田氏本人にその自覚はなく、ずっとA少年のことを想ってきたたし、ずっとA少年に向けて小説を書いてきたと本気で信じている。

だが本当にそうなのだろうか。筆者の中には、かすかな疑念がくすぶり続けていた。なぜならばそのとき、家政婦の瞳に薄い涙の膜が張っているように見えたからだ。

6

話は本筋から逸《そ》れるかもしれないが、一度筆者の原稿を鴨志田氏に読んでもらったことがある。

この業界において、原稿料は四百字詰め原稿用紙の換算枚数で決まる。この取材でも同じ仕組みで原稿料が支払われていたのだが、何枚原稿を書いたかについては自己申告制であった。鴨志田氏へのインタビューの際に今週何枚書いたかを家政婦に申告すれば、翌週には口座に枚数分の原稿料が振り込まれている。

「これでは不正し放題ではないですか」と、ある日、筆者は鴨志田氏に申し出た。なにしろそれまでに何枚書いたか、一度も原稿を確認されたことがなかった。データでも紙でも、提出を要求されたことはない。

「不正しているの？」

彼女は唇の片端だけを吊り上げ、ためすような不敵な笑みを浮かべた。

「不正はしていません」

「それならいいわ」

話が終わりにされそうな気配があったので、筆者は鞄《かばん》から原稿のプリントアウトを取りだした。

「一度、目を通していただけませんか」

「なぜ？」

「枚数の不正はしていませんが、先生の望むクオリティに達しているのか不安があります」

それに、業界のトップに君臨するベストセラー作家に自分の文章を読んでもらえる機会などめったにない。本音では、不安よりもそちらの気持ちのほうが強かった。

「目を通すのはかまわないけど、私が読む前提があると、今後どこかでおもねった文章になってしまうんじゃないの」

「その心配は不要です。僕もプロですから」

なおも筆者を見つめていた鴨志田氏だったが、やがて納得したように頷《うなず》いた。

それから三十分ほどかけて、彼女はじっくりとプリントアウトに目を通してくれた。その間、筆者はずっと呼吸の仕方を忘れたような状態だった。彼女が眉間《みけん》に皺《しわ》を刻み、前のページに戻ったりすると呼吸が止まり、ときおり彼女が頬を緩めたときにようやく息が吐《つ》ける。いまさらながら大それたことを頼んだものだと、自分の浅はかさを呪《のろ》った。彼女の視線が最終ページの最後の一文字に到達するころには、筆者の背中は汗びっしょりになっていた。

「ありがとう」

プリントアウトをこちらに戻してくる彼女に、筆者は訊いた。

「いかがでしたか」

「問題ない」

短すぎる感想に拍子抜けした。

「それだけですか」

「それだけ。このまま続けて」

「気になる点は少しもありませんか」

「あっても言わない。かりに誤解や事実誤認があると感じても、それはあくまで私の側の見方であって、早田さんにとっては事実だから」

なんらかのアドバイスが得られることを期待していたのに。

唇を曲げる筆者に、彼女は訊いた。

「違うの？　忖度せずに、誇張も脚色もせずに、事実を記しているのよね」

「ええ」

そこは間違いない。自信があった。

「なにが納得いかないの。私としては問題がないと言っている。それ以上、なにを求めるの」

もやもやとした胸の内を整理して、言葉にするのに少し時間がかかった。

「……なにかが足りていないはずなんです」

彼女が不審げに首をかしげる。

「僕の文章に問題がないはずがないんです。なにかが足りないから、僕は……」

そうだ。問題がないのに、こんな便利屋ライター稼業に甘んじているはずがない。なにかが足りないのだ。だから思うような成果が得られないはずなのだ。厚かましいことに、筆者は自分の人生の悩みへの回答を、彼女に求めていた。

しかし彼女は「問題はない」と断言した。

「ですが……」

筆者の反論を遮《さえぎ》り、彼女が声をかぶせてくる。

「まったく問題はない。取材を依頼したこちらとしては、ね。でもたぶん、これは早田さんの欲しい回答ではないのでしょう？」

鴨志田氏は鋭い口調から一転、やわらかい微笑を浮かべた。

「ライターになって何年経つの」

「最初に原稿を書いてお金をいただいたのは、大学三年のときでした。ですから七、八年といったところです」

ずっとプロを目指してサッカー漬けの日々を送っていたが、大学二年のとき故障で断念せざるをえなくなった。出版社勤務のOBからライター仕事を振られたのは、突然の進路変更を余儀なくされて途方に暮れている時期だった。昔から作文を書くのは得意だった。ただそれだけの理由で請け負ったアルバイトだったが、文章で表現する楽しさに目覚めた。これしかない。この道で生きていこうと決意し、就職活動もいっさいしなかった。

「ずっとライター一本で？」

「大学を卒業してからは、基本的に」

鴨志田氏はトリックを見抜いた探偵のように、何度か頷く。

「すごいじゃないの。七年もライターの仕事だけで食べていくなんて、なかなかできることじゃない」

「彼女と同棲していて、家賃も折半ですから」

小説家の仕事だけで二十八年食べてきて、しかも大成功を収めている人物に言われると、なんだか馬鹿にされているような気がしてくる。もしかして本当に馬鹿にされているのだろうか。

　だが違った。

「そんなに長い間、ライター稼業だけで食べていくなんてできないわ。よほど自分を押し殺して、クライアントの意向を汲《く》んだ文章を書ける技術が身につかないと」

　核心を突かれ、筆者ははっとした。彼女の指摘はまったく正しい。薄々自覚していたし、たぶん、まさしく彼女から引き出したいと思っていた言葉だった。

　だからこそ、筆者は少しむきになってしまったのだろう。

「そうしないと食べていけませんから」

　そうだ。来る者を拒んでいては、とても食べていけなかった。間違ったことをしているとは思わない。欲しい言葉を自ら引き出しておきながら、いざとなると筆者は自分を守ろうとしてしまう。

「そうね。仕事を選んでいては食べていけない、大変なお仕事だと思う。でも私は、いつか早田さんが本気で書きたいと思った原稿を読んでみたい。剝《む》き出しの早田さんが綴った、熱の高い文章を」

　それじゃ、インタビューを始めてちょうだいと彼女が言い、その話は終わった。

　そのときには頭に血がのぼっていたために素直に受け入れることができなかったが、筆者は帰宅して自身を省みた。食べていくために進んで便利屋になったし、その過程で身につけた処世術や文章力によって、いまも自ら便利屋に甘んじている。すべては自分で選んだ結果なのだ。なにかを劇的に変えなければ、ここから抜け出すことはできない。

ならばいま、この時点から、熱量の高い原稿を書けるように努力してみようと思った。

取材対象に近づき、感情移入し、自らを重ねる。

実践できているかどうかは、読者の判断に委ねたい。

7

――デビューの経緯についてお話ししていただけますか。

評文社小説大賞の最終候補に残った作品を読んで、ある編集者が連絡をくれたの。あれは何回だったかしら……（部屋の隅に控える家政婦に確認する）そうね、第十三回だった。第十三回評文社小説大賞。一度落選の電話をもらった後、半年以上経って連絡があったから、本当に驚いた。最終候補には残ったけれど、デビューまではもうしばらくかかるのだろうと考えていたから。

――Aさんのおかげで小説家を目指し始めたという話は以前にうかがいましたが、具体的にはいつから小説家を目指し始めたのですか。

Ａくんのおかげでお話を届ける仕事に就《つ》きたい、できるんじゃないか、という感覚はずっと持っていた。だから趣味ではずっと書き続けていたけれど、初めてエンタメ小説の長編を書き上げたのは、大学生になってからだった。書き上げたのはいいけど友達に読ませるのは恥ずかしいから、いくつか応募要項を読んで条件に合う公募文学賞に応募した。最初は明応社《めいおう》の主催する賞だった。そしたら、一次選考を通過したの。

——才能ですね。

いえ。実際に公募文学賞の一次選考なんて、よほど日本語が破綻《はたん》していない限りは通過するものなの。けれど初めてそういうのに応募した私はそんなこと知らないから、雑誌で発表された一次選考通過者の中に自分の名前を発見して、舞い上がっちゃって。自分が認められた気がして嬉《うれ》しくなって、次々と書いては投稿するようになった。結局それからデビューまで六年以上かかっているから、とくに最初から光るものがあったというわけでもないの。

——ちなみに処女作はどういった内容ですか。

ううん……（としばし虚空《こくう》を見つめる）。ラブストーリーだったと思うけど、いまとなってはあまり詳しく思い出せない。なにしろあれから百作以上も書いているし。ただ、とりたておもしろい話ではなかったのはたしかね。ほら、初心者ってどうしても自分の半径五メートルでの出来事を書いてしまうから。

——私小説ということですか。

私小説といえるかどうかはわからない。主人公にかなり自分を投影していたとは思う。知らないうちに、自分と身の回りの人をモデルにしてしまっているというか。その欠点は結局、デビューが決まって編集者に指摘されるまで、あまり改善できなかった。投稿時代って落選したからといって、誰かが詳しくその理由を指摘してくれるわけでもないし、なかなか自分では自分の欠点って気づかないものだから。

——その欠点を指摘してくれた編集者というのが、評文社の？

そう。下田涼花《しもだりょうか》さん。当時新卒で文芸編集部に配属されたばかりの若手編集者だった。彼女が私の作品に惚れ込んでくれて、助言をくれて、励ましてもくれて、最後には編集長を説き伏せ、出版まで持っていってくれた。それから五十冊以上の本を一緒に作ってきた。

——待ってください。シモダリョウカさん……？

（ふふっと笑う）気づいた？　鴨志田玲というペンネームは、もっとも信頼する担当編集者の名前のアナグラム。このペンネームにすることで、彼女がずっと一緒にいてくれるような気がして心強かったの。彼女にはなんでも話せたし、なんでも話してくれた。生き別れた双子の姉妹に出会ったような感覚っていうか、私の身体の一部というか。彼女がいなければ、いまの私もない。それほど大事な存在。

——鴨志田玲は本名だと思っていました。

いまでは本名以上に馴染んでいるわ。

——本名をおうかがいしても？

それはごめんなさい。教えたくない。私生活で私を本名で呼ぶ人なんていないし、私はもう鴨志田玲なの。

——わかりました。評文社の下田さん以外で、面識のある担当編集者はいますか。

いまはいない。デビューして間もないときには何人かいたけれど、顔出しのプロモーションを要求されたりしたからお付き合いをやめたの。いまはどの版元との取引の際にも、窓口を下田さんに統一させてもらっている。仕事を増やしてしまって彼女には申し訳ないと思うけど、私のためにとてもよくやってくれている。

——病気のことを打ち明けている、もっとも信頼する担当編集者というのは……。

そう、彼女のこと。いま抱えている仕事が片付けば筆を折るという計画も伝えている。けれどあなたのことだけは話していない。だからけっして彼女には接触しないで欲しい。

これはあくまで私の個人的な活動だから、彼女に負担をかけたくないの。同人活動みたいなものね。同人誌を作るのに、編集者を動かすわけにはいかない（笑）。そうでしょう？

——そうですね（笑）。承知しました。それでは下田さんに出会うまでの、苦難の投稿時代のことをおうかがいしてよろしいですか。

かまわないわよ。何本も書いては投稿してを繰り返していただけで、そんなにおもしろい話はできないと思うけど。

——最初は明応社主催の賞に応募したとおっしゃいました。デビューは評文社。ほかの公募文学賞にも応募なさっていたのですか。

ええ。文学情報《ぶんがくじょうほう》社、集学《しゅうがく》社、創聞《そうぶん》社、学修舎《がくしゅうしゃ》、あとは……（家政婦に確認し）ああ。そうだった。クリエイトパブリッシング社にも応募したわね。不動産関係のお堅い書籍を発行しているイメージだけど、一時期文芸に手を出して、文学賞を主催していたことがあったの。すぐに撤退してしまったようだけど。

——そんなにたくさん応募されていたとは驚きました。

だから言ったじゃないの。私には才能があったわけじゃない。

——相当努力されたのですね。

もちろん努力はしたけれど、それはほかの作家も同じだと思う。私はたぶん、運がよかった。

——運、ですか。

そう。運。そうとしか言いようがない。下田さんに出会えなければ、私は鴨志田玲として世に出ることはなかった。

——編集者によってそれほど違うものですか。もちろん仕事のしやすい編集者と、そうでない編集者はいると思いますが。

評文社小説大賞の最終候補に残った作品を読んで連絡をくれた、という話を聞くと、まるでその作品を改稿して出版したと思われるかもしれないけど、実際は違う。私は下田さんと一緒に、一から新作を書き上げたの。普通の編集者はまずそこまでしない。だから私は幸運だった。

——では、下田さんがそこまでしてあなたを世に送り出そうとした理由はなんだったのでしょう。

さあ、自分で自分を客観的に見るのはとても難しい。けれど下田さんはアイデア出しの段階から一緒に考えてくれたし、作品に必要な資料を揃《そろ》えてくれたり、場合によっては私の代わりに取材にまで出向いてくれたりした。自分の殻《から》にこもりがちな私の視線を、外に向けてくれた。それが私に足りないことで、逆にそこさえ補えば素晴らしいストーリーテラーになれますと、下田さんにはことあるごとに励まされた。足りない部分は私が補いますと言ってくれて、実際にそうしてくれた。書くのは私一人だけど、二人三脚で作品を作り上げているという感覚が強い。だから鴨志田玲というペンネームは、彼女への感謝のしるしでもあるの。

8

鴨志田邸を辞去した筆者は、その足で国会図書館に向かった。

鴨志田氏は信頼できる編集者の下田氏に出会うまで、すべての作品の登場人物に自身を投影していたと語った。下田氏にも自分の殻にこもりがちであることが最大の欠点であると指摘されたという。

筆者は小説の技術についてはまったくの門外漢である。だがフィクションであろうと、普通は少なからず自身を投影してしまうものではないだろうか。それを大きな欠点として指摘されたということは、自己投影の許容範囲を超えていた――すなわち、ほとんど私小説に近いかたちで書かれていたのではないか。私小説といえるかどうかわからないと彼女は言ったが、編集者から指摘されたポイントを考えると、かなりそれに近い性質の作品だと考えられる。それを下田氏が大衆向けにソフィスティケートすることで、エンタメ作家として花開いた。おそらくそういうことなのだろう。

デビュー前の原稿を読んでみたいと思った。そこには剝き出しの鴨志田玲が存在しているに違いない。

とはいえ、そう簡単なことではない。二十八年前のデビューよりも前に投稿され、落選した原稿である。最終候補の五、六作まで残ったような作品ならばともかく、それ以前の一次選考、二次選考で落選したような原稿まで出版社が保管しているとは思えない。鴨志田氏が最終選考に残ったのは、デビューのきっかけになった第十三回評文社小説大賞が初めてだというから、デビュー前の原稿を発掘できる可能性はかなり低い。それでも探してみる価値があると思った。なにしろ、そこには鴨志田玲の原点がある。

筆者はまず、明応社の発行する文芸誌のバックナンバーを調べた。鴨志田氏は処女作を明応社の文学賞に投稿し、雑誌で一次選考通過を知ったと話していた。二十八年以上前となれば紙媒体だろうし、文学賞の選考結果を掲載するぐらいだから文芸誌だろう。移動中に電子端末で調べたところ、明応社は二種類の文芸誌を発行していることがわかった。どちらの雑誌でもそれぞれ文学賞を主催しているようだ。

デビューから二十八年。処女作を書き上げてからデビューまで六年以上。これらの情報から、処女作を投稿したのは三十四、五年前であると考えられる。前後一年の幅を持たせ、三十三年前から三十六年前あたりに発行されたものを調べれば大丈夫だろう。

　何冊か文芸誌に目を通していると、三十四年前の明応社新人文学賞の一次選考通過者発表ページにそれらしき名前を発見した。列記された一次選考通過者名の右側には括弧《かっこ》書きで年齢が記載されており、十九歳の人物がいたのだ。『千葉《ちば》みなと』というのが、その人物の名前だった。鴨志田氏は大学生になってから初めて長編小説を書いたと話していたので、年齢的に矛盾はない。念のためにその近年の一次選考通過者も確認してみたが、二十歳以下の者はほかにいなかった。

『千葉みなと』が本名の可能性もないわけではないが、ＪＲ京葉《けいよう》線に同名の駅がある。ペンネームの可能性が高い。男性か女性か判別しづらいような名前を使いたがるのは、昔からだったようだ。

　それからは鴨志田氏から聞き出した投稿歴をもとに、鴨志田氏が応募したであろう文学賞の予選通過者が掲載されているいくつかの文芸誌から『千葉みなと』というペンネームを探した。途中でペンネームを変えていたり、毎回違う名前で応募していたりしたらアウトだが、ペンネームなどそう頻繁に変えるものでもないだろう。というより、変えていないで欲しい。

祈るような気持ちで検索していると、ある文芸誌に『千葉みなと』という名前を発見した。公募文学賞の一次選考通過者として掲載されていた。

その後も作業を続けた結果、最終的に三つの文学賞の予選通過者発表欄にその名前を発見した。三つともそれぞれ異なる出版社が主催する公募文学賞だ。便利屋ライター冥利《みようり》というべきか、筆者は三社すべてと仕事上の付き合いがあった。しかし文芸関連に顔が利く人物となると限られる。二社の知り合いには難色を示されたため、残った一社の編集者頼みになった。だが幸運だった。その編集者をMとしよう。Mとは大学時代の同級生だった。かたや編集者、かたやフリーライターとして同じ業界に飛び込んだ者同士、互いに無理な頼みを聞き合ってきた仲だったのだ。

筆者はMを飲みに誘い、大昔に公募文学賞の二次選考で落選した『千葉みなと』の原稿が手に入らないかと相談した。Mはファッション誌の編集者だが、もともとは文芸編集者志望である。大学時代には小説を書いて投稿したこともあるらしく、そのあたりの事情には明るいようだった。

そんな昔の、しかも二次で落とした原稿、取ってるわけないだろうと一笑に付した後、Mは「いや。待てよ」と電子端末をいじり始めた。Mの話によれば、『千葉みなと』が落選した文学賞はプリントアウトした原稿での応募が基本だが、一次選考通過者には編集部から連絡し、原稿のテキストデータを送らせるという。一次選考は下読み選考委員一人だけの審査だが、二次選考では編集部員全員での審査になるので、人数ぶんをプリントアウトする必要があるためらしい。紙の原稿なら間違いなく破棄しているだろうが、データなら場所は取らない。誰かのパソコンに残っている可能性がある。

Mの読みは当たり、現在では役員になった元文芸編集部員がクラウド上に『千葉みなと』の原稿を保存していた。

「なにを調べてる」

役員から入手した原稿のファイルを筆者の電子端末に転送しながら、Mが探りを入れてきた。だが正直に答えるわけにはいかない。鴨志田氏との契約があるし、『千葉みなと』の正体が鴨志田玲だと知れたらこのファイルの価値が変わってくる。いくら気の置けない間柄とはいえ、Mも組織の一員だ。事情を知れば易々《やすやす》と渡すわけにはいかなくなるだろう。

Mの追及を適当にはぐらかしつつまんまと『千葉みなと』の原稿データを入手した筆者は、自宅のプリンターでファイルをプリントアウトした。『見つめ愛』と題された作品はA4のコピー用紙で四十枚ほどの分量なので、これだけで一冊の本にはならないだろう。中編と呼べるくらいのボリュームだろうか。

内容は、読んでいるこちらが気恥ずかしくなるようなラブストーリーだった。読みやすい文体にベストセラー作家の片鱗《へんりん》を垣間《かいま》見ることができるものの、それとてほぼ強引に見つけた長所である。自分が編集者の立場だったら、この原稿に光るものを見出《みいだ》すことはできなかっただろう。現実でもそうだったから、二次選考で落とされているのだろうが。

ヒロインの目立たずおとなしい人物が幼馴染みで人気者の男性に見初《みそ》められ、さまざまな障害を乗り越えて結ばれる。恋敵《こいがたき》となる女性キャラにも別の男性があてがわれ、めでたしめでたしの大団円。小説というよりは大昔の少女漫画のようだ。だがそもそもこの作品自体、書かれたのは三十年以上も前の大昔である。それにしても主人公に都合がよすぎる展開だ。このご都合主義の象徴のような少女趣味の物語に、若き日の鴨志田氏は自身の願望を凝縮したのだろうか。そう考えると微笑ましくもあるし、少し気味悪くもあった。

筆者は鴨志田氏の面影を読み取ろうと、原稿を何度も精読した。ヒロインは空想がちで、休み時間でも友人とはしゃいだりせず、隅《すみ》っこの席で小説を読みふけっているような目立たない女の子だ。これが鴨志田氏の青春時代だろうか。全部がぜんぶ事実に基づいているわけではないだろうが、現在の鴨志田氏の雰囲気から考察するに、少なくとも、運動部に所属してクラスの輪の中心にいるタイプではなかっただろう。

主人公が想いを寄せる幼馴染みは、主人公とは対照的に活発な性格だ。バスケットボール部のエースで、東京オリンピック出場を目指すほど運動神経抜群。誰にでも平等に接する明るい性格。これはもしかして、鴨志田氏が幻覚に見ているというA少年の投影かもしれない。鴨志田氏とA少年が出会ったのは小学五年生のときだから、この物語での幼馴染みという設定は事実と異なるのだろうが。

主人公と幼馴染みが不正や曲がったことが大嫌いな清廉潔白なキャラクターとして描かれているのとは対照的に、主人公の恋敵となる女性キャラの悪人ぶりも徹底している。さまざまな汚い手段を用いて主人公の恋路を邪魔しようとするのだ。主人公と幼馴染みは恋敵の妨害工作によって関係を引き裂かれそうになるものの、逆にそれが互いの強い想いを確認し合う結果となり、最終的に二人は結ばれる。

いっぽうで、恋敵の女性にもしっかり救いが用意されているところがまた都合がいい。失恋して打ちひしがれる彼女を慰《なぐさ》めるのが、それまで鈍重《どんじゆう》な印象だったクラスメイトの男の子だ。自分では代わりにならないだろうかという男の子からの告白に、恋敵の女性は愛するよりも愛されるほうが幸せなのかもしれないと気づく。

何度も読み返してみたが、ストーリーやキャラクター設定から読み取れるのは、恋に恋する思春期の少女の願望と肥大した自己承認欲求だけだった。どこまでが創作でどこまでが事実に基づいているのか判別はつかない。

だが、明らかに作者の経験に裏打ちされているだろうと想像できる描写があった。

物語の舞台となった街だ。

新宿《しんじゅく》という地名が出てくるため、一読すると東京の新宿が舞台になっているように思えるが、それにしてはやや違和感がある。主人公たちがモノレールで移動していたり、自転車で海を見に出かけたりしているのだ。新宿にモノレールは走っていないし、自転車で行けるほど海が近くもない。そこで筆者が注目したのは『千葉みなと』というペンネームだった。JR京葉線に同名の駅があるとは先述したが、千葉にはモノレールも走っていなかったか。

調べてみると、当たりだった。千葉都市モノレールが存在し、千葉みなと駅にも乗り入れている。さらには駅から徒歩圏内の千葉市中央《ちゅうおう》区には新宿という地名も存在した。鴨志田氏はこのあたりに住んでいたことがあるに違いない。火事で両親が亡くなった後で引き取られた叔母夫婦が埼玉の上尾在住だと話していたから、住んでいたのは両親を火事で亡くす前か、それとも、叔母夫婦の家を出て一人暮らしを始めてからか。前者ならば、A少年と出会ったのもこのあたりに住んでいたころなのだろう。

筆者は千葉市に向かい、図書館で過去の新聞記事を検索した。『千葉みなと』の年齢から逆算し、彼女が小学校五年生のときに千葉市中央区付近で発生した火災の記事を探す。

鴨志田氏が千葉に住んでいたのが火事の前なら、必ずどこかに記録が残っている。これだけ条件が揃っていれば、検索にはそれほど時間はかからない。

案の定、記事はすぐに見つかった。

地元紙・京葉日報に掲載されたベタ記事をここに転載する。

中央区で出火
×日午前二時ごろ、新田町《しんでんちょう》の会社員H・Dさん（三五）宅から出火。木造二階建て約一二五平米が全焼、焼け跡からDさんと妻のY美さん（三二）と見られる遺体が発見された。長女（一一）は火事に気づいて逃げ出し、無事だった。花見川《はなみがわ》署では放火とみて捜査を進めている。
（個人名はプライバシーに配慮し筆者の判断でイニシャル表記にした）

偶然条件が一致しただけという可能性もないわけではないが、おそらく間違いない。この記事中の長女（一一）がのちの『千葉みなと』であり、鴨志田玲であろう。筆者は現場をこの目で確認すべく、中央区新田町に足を運んだ。

記事中では番地までは明示されていなかったが、付近の商店に何軒か立ち寄って聞き込みをしたところ、火災現場跡地の場所はすぐに判明した。現在はマンションに建て替わり、一階にはコンビニエンスストアが入っていた。そのマンションすらも外観は古びており、コンビニエンスストアのオーナーから聞いた話では、さらなる建て替えを検討中らしい。火災自体が四十年も前のことなのだ。無理もない。

コンビニエンスストアで飲み物を買い求め、マンションのエントランス脇に掲げられた『入居者募集中』の看板を眺めながら、かつてこの場所で過ごした少女——のちの鴨志田玲へ想いを馳《は》せていると、思いがけないことが起こったのである。

9

——今日もよろしくお願いします。

こちらこそ。

——まず謝っておかなければならないことがあります。

なにかしら。

——先生がアマチュア時代、『千葉みなと』名義で投稿された『見つめ愛』という作品の原稿を入手し、拝読しました。

（しばし絶句し）そうなの。よく手に入れたわね。

――はい。苦労しました。あの作品については、覚えておいでですか。

細かいところまでは覚えていない。ありがちなラブストーリーだったと思うけど。

――その通りです。小説をあまり読まない私でも、設定や展開に既視感を覚えました。

（笑）当時はそういうものばかり書いていたから。落選して当然よね。

――あの作品への反省点などはありますか。

内容を思い出せないからよくわからないけど、投稿時代の作品の欠点については共通している。

――ご自身を投影し過ぎている……ということでしたよね。

そう。ほとんど自分の願望を具現化したような内容だったわね。純文学にするべきかも、エンタメにするべきかも決められていなくて、筆に迷いが表れていた。

――キャラクターやストーリーについては、どこまでが先生ご自身の投影なのか読み取れませんでした。しかし舞台となっている場所については、おそらく先生が住まれていたことのある場所だろうと思いました。

（無言。筆者の背後に控える家政婦に救いを求めるような視線を向ける）

――作中ではどこが舞台か明記されていませんでしたが、おそらく千葉市中央区付近だと当たりをつけ、付近で発生した火災の記事を探しました。

あなた、わかっている？

——どちらか一方が取材終了の判断を下した時点で取材は打ち切りですよね。もちろんわかっています。ですから今日は、ここにうかがうのは最後のつもりでお話しさせていただいています。続けても？

……どうぞ。

——該当の記事はすぐに見つかりました。いまからおよそ四十年前に、千葉市中央区新田町で発生した一戸建て住宅火災です。焼け跡からＨ・ＤさんとＹ美さん夫婦の遺体が発見されたとありましたが、こちらの二人が先生の実のご両親ですね？

そう。それにしても、ずいぶん無神経なことをするのね。自分の中で消化した出来事だとは言ったかもしれないけど、まさかこんなかたちで過去をほじくり返されるなんて。

——私もこんな真似をするつもりはありませんでした。あくまであなたという人間への純粋な興味から調べただけで、そのことをあなたに打ち明けるつもりも、追及するつもりもなかったんです。正直に言って、私はあなたという女性に惹《ひ》かれ始めていました。

爆弾発言ね（笑）。あなたには恋人がいるのに。

——なぜあなたにこれほど興味を抱くのか、自分でも自分の気持ちがよくわかっていませんでした。でも、あなたに原稿を読んでいただいたとき、本気で書きたいと思った原稿を読んでみたいと叱咤していただいたあの日に、はっきりと自覚しました。私はあなたに惹かれていた。だからこそ真相を知ってこれほど腹が立つし、いまはあなたのことが憎いのです。

鴨志田氏が微笑を消し、無表情で筆者を見つめる。おそらくわかっているのだ。筆者がなににたいして憤《いきどお》っているか、なにを知って失望したか。

——E精肉店をご存じですか。

さあ。覚えていない。

——火災現場から二十分ほど歩いた場所に、古くからある精肉店です。私が火災現場跡を訪ねたときたまたま配達で近くを通りかかったようで、ご主人のEさんがわざわざバイクを止めて私に声をかけてきました。私はEさんとは一面識もありません。それなのにどうして声をかけてきたと思われますか。

（無言）。

——「間違ってたらごめん。もしかして、Tさんとこのせがれかい？」。Eさんは私の顔を覗《のぞ》き込みながら、そうおっしゃったのです。この意味がおわかりですよね。

鴨志田氏は答えない。だが筆者の推理がたんなる憶測でないことは、もはや明らかだった。たんなる偶然だ。根拠のない憶測に過ぎないと、否定して欲しかった。

――Tというのは、母が父と離婚する前の私の姓でした。つまり父の姓です。先生に小説を書くきっかけを与えてくれたAさんとは、私の父ですね。先生は私の文章ではなく、サイトに掲載された私の顔写真を見て、メールを送ってきたんです。

浮気の末に妻子を捨てた父を恨んだ母は、父にかんする思い出をすべて捨てた。筆者は父についてなにも聞かされず、顔すら忘れて育った。だがどうやら、筆者は死んだ父に瓜《うり》二《ふた》つらしい。だからこそE氏がバイクを止めてまで声をかけてきたし、鴨志田氏が写真を見て連絡してきた。

筆者の父が中学時代まで住んでいた家がかつてこの近所にあり、E氏は筆者の父と幼馴染みらしかった。交通事故で死んだはずの幼馴染みにそっくりな男がたたずんでいるのを見つけ、慌ててバイクを止めて話しかけてきたのだそうだ。E氏に「以前この場所に住んでいた女の子」について訊《たず》ねたところ、火事のことは覚えているが、その家に住んでいた女の子についてはあまり覚えていないという回答があった。そのことを伝えると、鴨志田氏は「引っ込み思案で友達のいない子供だったと言ったでしょう。クラスでも存在感が薄かったから」と笑った。

――自分を取材して欲しいというのは、私から父の話を聞き出すための口実だったんですね。Aさんを捜さないんですかと訊ねたとき、あなたは「こんなふうになった私を見られたくない」と答えました。私はあなたのためにAさんを捜索しようと考え始めていましたが、あなたの言葉でその考えを捨てました。Aさんの捜索なんてされたら、あなたにとっては困ったことになりましたね。Aさんは私の父だし、なによりとっくに亡くなっているんですから。

お父さんのことは、残念だったわね。

――残念なのは、あなただけです。四十年以上も想い続けた男につながる糸口をようやく探り当てたと思ったら、その男はとっくに死んでいたのですから。私にとっては顔も覚えていない父です。父が死んでいたことが早々に判明して、どういう気持ちでしたか？　それ以後のインタビューは、あなたにとって無駄な時間になったわけですが。

無駄ではない。いろいろな話ができて、とても有意義な時間だった。

――私が父に似ているからですか。私と会話しながら、亡き父と話しているような気持ちになっていたからですか。

それは少し卑屈に捉えすぎじゃないかしら。

——そうでしょうか。A少年の息子という以外に、はたしてあなたにとって私の価値はあるのですか。

彼女は答えない。答えられないのだ。筆者を父の代用品としか捉えていなかったから。しきりに家政婦のほうを見ながら救いを求める様子に苛立《いらだ》ってきて、筆者は立ち上がった。

「帰ります」

「待って」

左腕に抵抗を感じて振り向くと、立ち上がった彼女が筆者の左手首をつかんでいた。とても病に冒されているとは思えない素早い所作、そして手首を握る力強さだった。自分のしたことに自分で驚いたように、彼女がさっと手を引く。

「病気のことも嘘だったんですね」

薄々感じてはいた。彼女は年齢のわりに若々しく、話しぶりもはきはきとしていて、とても病気には見えなかった。病気だと偽り、同情を引いて依頼を受けさせようとしたのだろう。なんという卑劣な手口だ。

彼女は筆者の文章力を評価したわけではなかったし、そもそもインタビュー自体が筆者と定期的に会うための口実だった。そして彼女は筆者と会っても筆者自身ではなく、筆者を通して筆者の亡き父の面影に触れようとしていた。筆者は知らないうちに、憎んでいた父のおかげで仕事を得ていたことにもなる。

さすがにこれだけ屈辱的な扱いを受けては、原稿料が高いというだけで仕事を続けることはできない。

「ごめんなさい」

悄然《しょうぜん》と肩を落とした鴨志田氏が、初めて年相応の女性に見えた。なぜこんな人に魅力を感じてしまったのか。なぜ好きになってしまったのか。ぜったいに手に入らないのに。彼女は死人を愛しているのに。

未練を振り切るように大股で歩き出す。

扉の横に椅子を置いてちょこんと腰かけていた家政婦の女性が、すがるような目でこちらを見ていたが、視線を逸《そ》らして部屋を出た。

10

取材終了から一年が過ぎた。

書きかけだったこの原稿のファイルを開くのも一年ぶりである。怒りにまかせて消去しそうになったものの、どうしてもできずにフォルダに眠っていたこの原稿を、ふたたび開くことになるとは思わなかった。

あれから筆者を取り巻く環境は変わった。正確には変わったというより、変えようとしている。まだ途上である。

まず、同棲していた恋人と別れた。感情的ないざこざがあったわけではない。お互いにやりたいことがあって、人生の方向性を違《たが》えただけだ。

筆者はいま、日本を離れてアメリカに住んでいる。いつかきっと。そのうち。言い訳をしながらズルズルと日常を消費するだけになっていた自分を変えようと、単身渡米した。いまはこちらの大学でスポーツビジネスについて学んでいる。日中はキャンパスで学び、夜はウェイターとして生活費を稼ぐという生活はけっして楽ではないが、目標を見失いかけていた日本でのフリーライター時代よりもよほど充実している。

風の噂によれば、筆者の別れた恋人にも良い出会いがあったようで、来年には結婚する予定だという。彼女が結婚を望んでいるのには気づいていた。もっと早くに解放してあげるべきだったと、結婚の報せ《しら》を聞いたときに思った。

ちょうどいま、台湾人のルームメイトがシャワーのお湯が出なくなったと騒ぎ出した。築何十年かわからないオンボロのアパートメントでは、日々どこかしらに不具合が起こる。彼とてわかっているが、感情をどこかにぶつけて発散したいだけだ。放っておこう。

渡航費用は、鴨志田氏からの〈原稿料〉でまかなった。たった二か月ほどの取材で、筆者の口座にはフリーライター時代の年収ほどもある金額が振り込まれていた。発表するあてもない、当初説明された自らの虚像を壊したいという目的すらも偽りであったあの時間に、それだけの価値があったとは思えない。筆者は返金したい旨をメールしたが、鴨志田氏からの返信はなかった。鴨志田邸を訪ねてもみたが、インターフォンをいくら鳴らしても応答がなかった。門扉には防犯カメラが設置されていたので、訪問者が筆者だとわかった上で、あえて無視したのだろう。筆者と二度と会う気はないらしかった。そこで原稿料の返金を諦《あきら》め、彼女からの慰謝料か手切れ金とでも解釈し、有効に使わせてもらうことにした。

さて、筆者は前に進み始めた。一日を乗り切るのに懸命な状態で、本来ならば過去を振り返る余裕などない。にもかかわらず、この原稿のファイルを開いたのは、インターネットであるニュースを目にしたからだ。

人気作家、逝《ゆ》く
小説家の鴨志田玲さん（本名・年齢非公表）が亡くなっていたことがわかった。死因はパーキンソン病の合併症であるという。すでに葬儀は済ませてあり、取引のあった出版社合同のお別れの会が企画されている。

驚いた。鴨志田氏は本当にパーキンソン病だったのだ。

筆者が病気のことも嘘だったのだろうと責めたとき、彼女は「ごめんなさい」と謝った。悲しげに目を伏せ、溢《あふ》れ出す感情を堪《こら》えるように口角を下げた彼女の表情に、筆者は自分の気持ちが急激に冷えるのを感じた。彼女が突然老け込んだように見えたからだし、おそらくそれは、彼女が大きな嘘をついていた事実を認めたからだった。

だが彼女は、実際にパーキンソン病だった。だとすればあの「ごめんなさい」はなんだったのだろうと、筆者は考えている。筆者が責めたのとは別の理由で謝っていたのか、それとも、感情的になった筆者を前に弁解は逆効果になると諦め、とりあえず謝罪しただけなのか。

鴨志田氏はパーキンソン病になり、幼いころの一時期にかかわりのあったA少年の幻覚を見るようになった。頻繁にA少年の幻覚と出会ううちに、A少年が小説を書くきっかけを与えてくれた、小説家になってから刊行したすべての作品はA少年のために書いたものだったと思い込む。記憶も少しずつ書き換えられた。鴨志田氏は、成長したA少年を探すようになる。やがてインターネットのポータルサイトでA少年の面影を色濃く残したフリーライターの写真を発見した。それが筆者だ。

このフリーライターはA少年の息子ではないか。そう考えた鴨志田氏は、筆者のSNSに掲載した仕事用のメールアドレスにメールを送り、筆者を自宅に呼び寄せる。適当な理屈をつけてインタビュー取材を依頼したのは、筆者からAについての情報を聞き出すためだった。ところが、初回の取材でAがとっくに死亡していたことを知る。ショックだっただろう。その時点で、鴨志田氏にとって筆者は用済みだったはずだ。にもかかわらず、その後も二か月近くにわたり、筆者を自宅に通わせ続けている。筆者のほうから契約を解除しなければ、取材はもっと長期間に及んだはずだ。なぜなのか。初回で取材を打ち切ってしまうと不自然だと思ったのか、筆者を通じてAの面影に触れていたかったのか、あるいは、彼女も筆者にたいしてなんらかの魅力を感じてくれていたのか。いまとなってはたしかめようもない。彼女の本当の目的はなんだったのか。

ただ一つたしかなのは、結果的に彼女が筆者の背中を押してくれたということだ。彼女の仕打ちに傷ついたのは間違いないが、それでも筆者は前を向くことができたし、渡航に際しての経済的な支援を受けたかたちにもなった。

そう考えると、こういう解釈はできないだろうか。

彼女は自分を嫌いにさせるために、あえて誤解を解こうとはしなかった——と。

あのとき、筆者は彼女にたいする自分の気持ちに気づき、その想いを打ち明けた。自分でも驚いたが、たぶん、勢いにまかせたひとときの感情などではなかったと思う。筆者は知らず知らずのうちに、鴨志田玲を女性として愛し始めていた。彼女に利用されていた事実を知り、そのことにたいして激しく憤ったことで、自分の気持ちに気づいたのだ。愛ゆえの怒りだった。

もしも彼女が筆者の気持ちを受け入れてくれたとしたら、筆者はいまこの場所にいない。彼女のそばに寄り添い、少しずつ死に向かう彼女の看病をし、最期を看取ろうとしたはずだ。彼女はそれを恐れたのではないか。だからあえて、病気ではないのだろうという筆者の追及にも反論せず、「ごめんなさい」と嘘を認めるような発言をした。

最初は父の情報を得るためだったかもしれない。だが途中から、彼女の興味はインタビユアーである息子のほうに移ったとは考えられないだろうか。だから父の死を知った後もインタビューを続行した。とはいえ親子のような年齢差だ。病気のこともある。成就してはいけない恋だと、少なくとも彼女は思った。だから最後にすべてが嘘だったと誤解させるような振る舞いをして、筆者を突き放した。筆者の夢の後押しをするために、原稿料の返金も拒んだ。

いささか筆者自身に都合がよすぎるし、自意識過剰で感傷的すぎる解釈なのは自覚している。だがそう考えることで、すべてに辻褄が合うのもまた事実である。いずれにせよ、筆者の父が彼女に大きな影響を与えた大事な人であるように――事実関係はともかく、彼女はそう思いながら亡くなったはずだ――筆者にとってもまた、彼女は大きな影響を与えてくれた大切な人としてしっかりと胸に刻まれた。彼女は筆者の父を「人生をくれた人」と表現したが、筆者も同じ気持ちだ。鴨志田玲は筆者に新しい人生をくれた。

彼女への感謝の辞を結びの言葉としたい。

鴨志田先生、本当にありがとうございました。

名前だけでも教えて

1

休憩室に入ってきた鳥飼《とりかい》さんは、目を逆《さか》さ三日月形にして嬉しさを堪えきれない様子だった。右手にオレンジジュースのグラス、左手にナポリタンの皿を持ち、弾《はず》むように肩を揺すりながら近づいてくる。

「来てるぞ来てるぞ」

「本当ですか！」

僕は山盛りのスパゲッティーをかき込もうとしてむせ返った。

「そんな焦るなって。どうせ一、二時間はいるだろうから」

隣に座った鳥飼さんが、あきれた様子で笑っている。

たしかにそうかもしれないけれど、彼女に自然に近づけるタイミングはそう多くない。最初の注文のとき。コーヒーをサーブするとき。コーヒーをおかわりするとき。グラスに水を注ぐとき。あとはお会計のとき。せいぜいそれぐらいだ。そのうちおそらく最初の注文と提供にはもう間に合わないから、残るチャンスはコーヒーのおかわりと水の注ぎ足し、お会計のみ、しかもこれまでの経験上、コーヒーをおかわりするとは限らない。

急いでまかないの皿を空け、エプロンを身につける。空いた皿とグラスを持って部屋を出ようとしたとき、「ちょっと待て」と鳥飼さんに呼び止められた。

「ここ、ここ。ついてるぞ」

鳥飼さんが自分の唇の端を指差す。

ロッカーを開けて扉の裏側の鏡に自分の顔を映すと、唇の左端にケチャップがついていた。

「ついでにスマイルもチェックしとけ」

「これでどうですか」

鏡に映した自分の顔を、そのまま鳥飼さんのほうに向ける。

頬を膨らませて口をもぐもぐさせていた鳥飼さんが、盛大にナポリタンを噴き出した。よし、ウケた。僕が鳥飼さんに見せたのは、白目を剝いた変顔だった。

「馬鹿野郎。ふざけんな」

汚れたテーブルをティッシュで拭く鳥飼さんに「お先っす」と頭を下げて休憩室を出る。廊下を斜めに横切ったところにある扉が、キッチンの入り口だ。

「休憩ありがとうございました」

食洗機のラックに汚れた食器を突っ込み、調理中のキッチンスタッフの邪魔にならないようなルートでデシャップからホールに出た。

「望月《もちづき》くん。やっと来た」

パート主婦の白石《しらいし》さんが小声で言いながら早く早くと手招きする。空いたテーブルを片付けて戻ってきたところらしく、白石さんの左手には盆の上に皿が積み重なっていた。あれだけの量をよく片手で持てるな、さすがこの店で最古参のベテラン。変なところで感心する僕に、白石さんはあっちあっちと急かすように顎をしゃくる。

教えてもらわなくても場所はわかっている。先客がいない限り、一番奥の窓際のA５卓が彼女の指定席だ。

僕はしゃんと背筋をのばし、なにか用のある客はいないかとホール全体を見回すように視線を動かしながら、悠然《ゆうぜん》とした足取りでA５卓に近づいていった。特定の誰かに用があるわけではありませんよ。皿が空いていたり、グラスの水が減ったりしているテーブルはないか確認しているだけですよ。心の中で周囲に言い訳しながら、緩みそうな頬を懸命に引き締める。だが視界の端に文庫本を読みふける眼鏡《めがね》の女性が映るたびに、きゅっと胸が締め付けられ、つい微笑んでしまいそうになる。

今日は髪を下ろしている。いつもの後ろで結んでいる髪型も賢そうでいいけれど、髪を下ろしているのもふんわりと女性らしい印象でかわいい。

彼女はこのファミレスのバイトの間で「眼鏡ちゃん」と呼ばれている常連客だ。もちろん、本人はそんなこと知る由《よし》もないし、そんな渾名《あだな》をつけられていると知ったらもうこの店には来てくれなくなるかもしれない。

白石さんによれば、彼女がこの店を訪れるようになったのはおよそ四か月前らしい。僕がこの店の面接を受ける二週間ほど前ということになる。「私の見たところ、まだ新入生だね。上京して一人暮らしを始めたばかり。だからたぶん、彼氏はいない」と白石さんは推理するが、本当に彼氏はいないのだろうか。あんなにかわいいのに。だとしたら嬉しい。赤みを帯びた頬の膨らみがあどけなくて、新入生という見解には同意するけど。

彼女のテーブルを見る。水は減っていないし、コーヒーもサーブされたばかりのようだ。接触する口実はゼロ。内心でがっくりと肩を落としながら踵《きびす》を返し、デシャップのほうに戻った。

白石さんが初めてのおつかいから戻った我が子を迎えるような表情で迎えてくれる。僕の母親の二つ年下なので、実際にお母さんといってもおかしくない年齢だ。

「なんで話しかけなかったのよ」

白石さんはいつもこうやって尻を叩《たた》いてくるが、そんなに簡単に話しかけられるわけがない。向こうは食事をしたり、コーヒーを飲みながら本を読んだりするためにこの店を訪れているだけで、友達を作りに来ているわけではないのだ。

「いや、無理ですよ。無理。水もぜんぜん減ってないし」

僕は顔の前で小さく手を振る。

「私が言ってきてあげようか」

「なにをですか」

「望月くんがお話ししたいそうですって」

「勘弁してください。そんなのかっこ悪いし気持ち悪がられるし、下手したら二度と来てくれなくなりますって」

「そんなの、やってみないとわからないじゃないの」

小声で押し問答していると、どこかのテーブルで呼び出しボタンが押されたらしく、チャイムが鳴った。

「はあい。ただいま」

余所《よそ》行きの声に切り替えた白石さんが、卓番を確認してホールに出て行く。

僕はほっと安堵《あんど》の息をついた。世話焼きおばさんに仲を取り持ってもらうなんてダサすぎる。

上手くいくものも上手くいかなくなるんじゃないか。

さりげなくA5卓を一瞥《いちべつ》した。眼鏡ちゃんは本の世界に入り込んでいるらしく、真剣な表情で文字を目で追っている。もともと狭い肩幅をさらに狭め、本で顔を隠すようにしながら熱心に読みふける姿がとてもかわいらしい。眼鏡ちゃんの名付け親である鳥飼さんからは「望月のかわいいの基準、どうなってんの」と不思議がられるが、他人の感覚なんて関係ない。僕がかわいいと思っているのだから、それでいいのだ。白石さんだって「息子があの子を連れてきたらぜったい嬉しい」と応援してくれている。白石さんには娘しかいないらしいけど。

僕が眼鏡ちゃんを意識するようになったのは、いつからだろうか。白石さんの話が本当なら、僕がこの店で働き始めた時点ですでに眼鏡ちゃんは常連だったことになる。だが仕事を覚えるのに必死だったせいで、最初はお客さんの顔なんてちゃんと見る余裕がなかった。この人いつも来てくれてるなと認識できるようになったのは、わりと最近のことだ。だから眼鏡ちゃんを好きになってからも、それほど経っていない。

眼鏡ちゃんは平日の午後、お昼のピークが過ぎ去ったアイドルタイムのころにやってきて、コーヒーを飲みながら文庫本を読んで過ごす。ときどきパンケーキやチーズケーキなど、甘いものをオーダーすることもある。

注文するときの受け答えの声も小さいし、人の目を見ないし、暗くて野暮ったい子だなという印象しかなかった。というか、印象自体薄かった。

ところがある日、会計時に眼鏡ちゃんがポイントカードと間違えてなにかのメンバーズカードを出したことがあった。これはうちで使えるポイントカードではありませんと伝えると、彼女は慌ててカードを引っ込めながら照れ笑いをした。そのとき、この女の子、意外と顔立ちが整っているんだと発見した。

シフトが一緒だった鳥飼さんにポイントカードの件を話したところ、鳥飼さんは「眼鏡ちゃんでも笑うんだ」と妙に感心した様子だった。そして、そういえばあの子ってあの人に似てるよなと、バラエティータレントとして活躍する女性芸能人の名前を挙げた。その女性芸能人への僕と鳥飼さんの評価は正反対で、僕が美人派、鳥飼さんがどうしてあんなのがテレビに出られるかわからない派だった。眼鏡ちゃんの容姿にたいする評価が対立するのも当然なのだ。

ともかく鳥飼さんに指摘されたことにより、僕には眼鏡ちゃんの意外に整った顔立ちが、自分の好きな女性タレントに似ているようにも見えてきた。同僚たちからは賛同も否定もあったが、どちらにしろ眼鏡ちゃんを話題にするたびに僕の気持ちは盛り上がっていった。

その結果、僕は彼女を夢に見た。夢の中の彼女は僕のことを好きらしく、色っぽい目つきで積極的に言い寄ってきた。そこからいやらしい展開になだれ込むはずだったのだろうが、残念なことに彼女が下着を脱ぐ寸前で目を覚ましてしまった。僕の下着はしっかり汚れていたけれど。

夢精したことを除いて鳥飼さんに話すと「そんなに気になるなら付き合っちゃえばいいじゃん」と言われた。付き合うとか付き合わないとか、そういう次元で考えたことなどなかった。なにしろ僕は、これまでの人生で女性と交際した経験がない。けれど言われてみればそういうものなのか。眼鏡ちゃんのことが気になるのは、僕が彼女を好きだかららしい。なるほど、これが好きという感情なのか。彼女のことを好きだと自覚したら、ますます好きになった。

もちろん彼女は僕の気持ちなど知らない。気持ちを伝えたら応えてくれるだろうか。それとも迷惑だろうか。当たり前だけど、誰でもいいわけじゃないだろうな。僕でもそうだ。恋人が欲しい。女の子と交際してみたいという願望はあるけれど、ある日突然、よく知らない女の子から告白されたら戸惑ってしまうだろう。それが自分好みの女の子だったらOKするかもしれないけど、好みじゃなかったら断る。

気持ちは嬉しいけれど。眼鏡ちゃんもそう思ってくれるだろうか。断るにしても嬉しいとか、気持ちはありがたいとか。それとも気持ち悪がられるだけだろうか。昨日ファミレスの店員からいきなりコクられてさー、ずっと私のこと見てたとかいうの超キモいんだけどー、もう二度とあの店行かね、などと友達に話をされたりしたら立ち直れない。

「そんなことねーよ。知らないところで悪口言われたって自分の耳に入るわけじゃねーし、店に来なくなったら店にとっては損害かもしれないけど、ただのバイトが経営のことまで考える必要ないだろーが。客が来なくても時給が下がるわけじゃなし。むしろ店がつぶれないギリギリのところまで客が減って欲しいわ」

バイトの後、駅前のファストフード店で鳥飼さんはいつもこう言って叱咤してくれる。

「そうなんですけどねー」

わかってる。わかっちゃいるけど、いざ彼女が来店すると頭が真っ白になってなにもできない。

「でも気持ち悪くないか。行きつけのファミレスの店員から、ずっと好きでしたとか言われたら」

そう言って会話に加わってくるのは、キッチンアルバイトの矢島《やじま》さんだ。フリーターだけど大学六年生の鳥飼さんとは同い年なので気が合うらしく、たまにこうやってついてくる。

「ぶっちゃけ相手によるよな」

鳥飼さんがポテトを口に運びながら顔をしかめた。

「それ言っちゃ元も子もないだろ」と矢島さん。

「でもそうじゃん。いろいろ頑張ったところで、アリなものはアリ、ナシなものはナシじゃないか？　ぜんぜん好みじゃない女の子が頑張っておまえ好みの女になろうとしたからって、おまえ付き合うか」

「それは、そうなってみないとわからないよ」

なあ、と矢島さんが同意を求めてくる。

だが鳥飼さんは「付き合わねえって」と決めつけた。

「ナシなものがアリになることなんてねえよ。だからさっさとコクって、駄目だったら次に切り替えていくのが一番なんだ。くよくよ悩むのなんて時間の無駄無駄無駄」

「でも」と僕も参戦する。

「完全にナシなものがアリになることはないかもしれないけど、微妙なラインってあるじゃないですか。たとえば同じ相手との出会いでもナンパならナシだけど、たまたま同じサークルになったとかならアリになる、とか」

「ああ。なるほどな」と矢島さんがやけに神妙な面持ちで頷く。

だが鳥飼さんは容赦《ようしゃ》なかった。

「でもそれなら無理だ。ファミレス店員が客にコクるなんてまぎれもないナンパじゃないか。ガードの固い子なら即アウトだろ」

「じゃあ眼鏡ちゃんは無理ってことですか」

僕は言った。あの子はどう見てもガードが緩そうに見えない。

「そうだよ。無理だよ」鳥飼さんは涼しい顔だ。

「付き合ってもいない女の話を延々聞かされる身にもなってみろや。やれどこの大学だろう、やれ一人暮らしかな、やれ彼氏はいるのかなって、そんなん陰でごちゃごちゃ言わずに本人に聞いたらいいんだ」

「でも本人に聞いたら即アウトなんでしょう?」

鳥飼さんの主張を信じるなら、そういうことになる。

「だからさっさとコクって玉砕《ぎょくさい》しろって言ってんの」

「なんでそんなこと言うんですか。一緒に作戦考えてくださいよ」

すがりつく僕を、鳥飼さんは腕を振って乱暴に振り払う。

「作戦なんて無駄だっての。男なら当たって砕けろ」

「砕けたくないんですよ」

「ならずっと一人で悶々《もんもん》としてるんだな。そんでお釣り渡すときにちょっと触れた手のぬくもりとか思い出しながらオナニーして寝ろ」

「そんなぁ」

僕は名前すら知らない彼女について、いろいろと想像を巡らせては胸を高鳴らせたり、勝手に落ち込んだり、一喜一憂していた。少ない情報と都合の良い憶測をもとに、頭の中で肉付けした彼女と一緒に暮らすことが楽しかったのだ。

2

「藤村《ふじむら》馨《かおる》」

顔を合わせるなり白石さんの口から飛び出した固有名詞に、僕はきょとんとなった。

「なんですか、それ」

「あの子。眼鏡ちゃんの好きな作家」

足の爪先からじわじわと驚きがせりあがってきて、やがて声になる。

「マジすか？」

大声を出してしまい、とっさに自分の口を手で塞《ふさ》いだ。

その日は午後四時からのシフトだった。一人暮らしのアパートにいったん帰宅するほどの時間もなかったので、大学の講義を終えてそのまま向かったら、三時前には店に着いてしまった。遅めの昼休憩をもらった先輩バイトと休憩室でおしゃべりして過ごし、シフト開始の十分前にホールに出てきた出会い頭に、白石さんが聞いたことのない名前を口にしたのだ。

キッチンには口うるさい社員さんが入っている。デシャップ越しにキッチンの様子をうかがいながら、僕は小声で白石さんに訊ねた。

「眼鏡ちゃんと話したんですか」

全身からいやな汗が噴き出す。まさか得意のおせっかいを発揮して、僕の名前を出したりはしていないだろうな。だけど実のところ、名前を出してくれていないかなと期待する部分もあった。その上で今後も店に足を運んでくれるのなら、少なくとも迷惑に思われてはいないということになるし。ずるいし情けないけれど、自分のいないところで勝負がついてくれるのなら、これほど気楽なことはない。

だが残念ながら、そうではなかったようだ。

「別に変なこと言ってないから安心して。お水入れに行ったときに、かわいらしいブックカバー使ってるなと思ったから、そう言ったの、かわいらしいブックカバーですねって。なんでもいくつか持ってて、気分によって使い分けてるらしいわね」

「そう……なんですか」

ぜんぜん気づかなかった。好きな女の子の持ち物だからといってブックカバーのデザインなんて気にしたこともない。

「駄目じゃないの。そういう細かいところに気づいてあげないと」

白石さんが手の平で軽く空を叩く。

「で、なに読んでるんですかって話になって、藤村馨の名前が出たの。好きなんだって、藤村馨が」

「有名なんですか、その人」

「私でも名前を知ってるぐらいだからそこそこ有名なんじゃないの。たしか芥川《あくたがわ》賞を獲って、テレビとかで特集されたこともあったんじゃなかったっけ」

ふうん、と気のない返事をすると、ぴしゃりと肩を叩かれた。

「望月くん。知らないの」

「知りません。ぜんぜん本とか読まないんで」

「藤村馨ぐらい高卒の私でも知ってるのに」

「眼鏡ちゃんが読んでいたのは、藤村馨のなんという本だったんですか」

「覚えてない。藤村馨っていう名前は知ってるけど、私も一冊も読んだことないから」

後日、僕は大学近くの古書店で藤村馨の本を探した。書棚にはいくつかのタイトルが並んでいたが、とりあえず一番薄い『暗がりの人』という本を購入した。小説なんてまともに読んだことがないので、厚い本を買って挫折したらいやだ。

白石さんの発言には若干の勘違いが交じっていたようだ。ネットで検索したプロフィールによれば、藤村馨は僕と同い年。十七歳のときに文芸誌の公募文学賞を受賞して鮮烈なデビューをはたしたが、芥川賞を獲った事実はない。それどころか近年は新作の発表すらしていない。デビュー後一年半で三冊を出版した後、どういうわけか文壇から忽然《こつぜん》と姿を消した。藤村馨はとっくに終わったという、ネット掲示板の心ない書き込みを目にした。僕はまだ就職活動すら始めていないというのに、この国のどこかには同い年でもう終わった人がいるのか。

作品はあまり好みではなかった。主人公の女の子が両親に虐待される中で、精神世界に逃避するという物語で、暗いし難解だしで往生した。ネット情報によれば、藤村馨の作品には私小説的な色合いが強いらしい。自分の経験したことを書いているのだ。だから何作か書いただけでネタ切れし、新作が書けなくなったのではと噂されている。こんなに大変な内容が実体験だとは。かわいそうだと同情はするけれど、おもしろいかどうかはまた別問題だ。

ベッドで横になりながら読んでいると何度も寝落ちしてしまい、そのたびにどこまで読んだのかわからなくなった。一番薄い本にして正解だったと、心から思った。眼鏡ちゃんと共通の体験をしたいという一念だけでなんとか最後まで読み切った。けれどいざ読み終えてみると、こんな作品を書く作家をお気に入りだと言う眼鏡ちゃんと自分は、決定的に価値観が合わないのではないかと感じて落ち込んだ。彼女はどうして、好きこのんでこんな暗い話を読むのだろう。たしかにネットで見た藤村馨の顔写真は黒髪の地味な印象で、どことなく眼鏡ちゃんと共通する雰囲気があったけど、顔立ちのかわいさでは眼鏡ちゃんの圧勝だ。藤村馨がファミレスの常連客でも、ぜったいに好きになったりはしない。ナシだ。

「公太郎《こうたろう》はそう言うけど、違うほうがおもしろいじゃないか」

大学の同級生の立花《たちばな》はそう言って慰めてくれた。彼とは大学に入って知り合った。オリエンテーションでたまたま席が隣になり、どちらからともなくこの後ご飯でも食べにいかないかという話になって以来、もう二年以上の付き合いだ。大学の近所で一人暮らしをしている者同士、以前は互いの部屋を行き来したものだが、立花に彼女ができてからは外で会うだけになっている。

いま、僕と立花は学食で昼食を摂《と》っている。二人とも名物のかき揚げ丼を注文したのだが、早食いの僕の丼が空なのにたいし、立花の丼はまだ半分ほど残っている。いつも思うけど、この男は育ちも性格も良い。食べ方も綺麗だし、堂々巡りを繰り返す僕の不毛な恋愛相談にたいしても、うんざりした様子をまったく見せずにうんうんと相槌《あいづち》を打ってくれる。そのことを指摘すると、いつも「そんなことないよ。うちの両親が離婚してから実家もなくなってるし、親父に引き取られていった妹ともほとんど会っていない。そんなやつが育ちが良いわけないだろう」と否定されるけど。

「でもさ、僕はその本、ぜんぜんおもしろいと思えなかったんだ。それなのに彼女に、藤村馨について熱く語られたりしたら、たぶんついてけない。話も盛り上がらないし、嫌われちゃうかもしれない」

そんなことよりまず交際できるかどうかが問題だというのに、我ながら阿呆《あほ》だと思う。けれどたぶん、僕はこれが楽しかったんだと思う。頭の中で築き上げた彼女の虚像とのデートや痴話《ちわ》げんかを想像して、あれやこれやと気を揉《も》むのが。望んで独り相撲を取っているのだ。本気で彼女と交際できるとは考えておらず、芸能人へのファン心理に近いのかもしれない。

「本のことを話題にしなければいいんだ。ほかに彼女が興味ありそうなことは？」

「わからない」

まったくわからない。彼女の趣味どころか、名前すらも。

「それなら、公太郎の趣味に付き合ってもらえばいい」

「趣味か……」

そう言われてもとくには思い浮かばない。立花は小学校のときからサッカーを続けていて、いまでもフットサルのチームに入っている。

「僕もなにか趣味を作ったほうがいいのかな」

言いながら、自分がとてつもなく退屈な人間に思えてきた。こんなつまらない男に、眼鏡ちゃんが振り向いてくれるわけがない。

「どうだろうな。おれはその眼鏡ちゃんと会ったことがないから、なんとも言いようがないけど」

困ったように眉を下げた立花が、ふとなにかを思いついた顔になる。

「そうだ。今度公太郎のバイト先に行ってみようかな。ぜひ噂の眼鏡ちゃんを見てみたい」

「えっ……」とわかりやすく引いてしまった。明るく社交的で見た目も悪くない立花は、とても女性にモテる。立花を見た眼鏡ちゃんが、こいつのことを好きになったりしないだろうかと心配になった。

「かまわないけど、いつ来るかわからないんだ」

「わかってる。だからおれの彼女も連れて行く。たまたま眼鏡ちゃんに遭遇できたらラッキーだと思うことにするよ」

「それならかまわないけど」

考えてみれば立花と眼鏡ちゃんはファミレスの客同士だ。店員と客という関係の僕と眼鏡ちゃん以上に接触の機会はない。眼鏡ちゃんが立花を好きになるなんて、余計すぎる心配だ。

こうして立花とその彼女が、僕のバイト先に遊びに来ることになった。立花がバイト先のカラオケボックスで出会ったという彼女にもまだ会ったことがなかったのでちょうどいい。

眼鏡ちゃんが来店するかは保証できないものの、彼女が来店する確率の高い曜日と時間帯ならばだいたいわかる。木曜日の午後三時から四時くらいの間。ちょうど立花のバイトにも重なっているらしく、最初は「じゃあ無理だ。ごめん」と断られたが、後日「やっぱり行ける」と連絡が来た。立花と彼女、二人ぶんのシフトの穴を埋める人材が見つかったらしい。

二人は約束の時間ちょうどに来店した。入学して最初のクラスコンパを欠席した僕には、大学の友達が少ない。バイト先に友達が訪ねてくるのも、友達の彼女を紹介されるのも、実は初めてのことだった。

「彼女の実希子《みきこ》」

立花も少しだけ緊張しているのがわかる。

「はじめまして。安岡《やすおか》実希子です」

紹介されたほうの実希子ちゃんは、逆にとても堂々としていた。こういうとき、女の子のほうが度胸があるのかもしれない。実は緊張していて、懸命にそれを隠しているだけかもしれないけれど。

アイドルタイムということもあり、白石さんは友達と話してきていいと言ってくれたけど、なんだか妙に気恥ずかしくて断った。注文を取ったり、水を注ぎに行ったりするときに「まだか」「まだ」といった短い会話をするだけだ。「まだか」というのは、もちろん眼鏡ちゃんはまだ来店していないのかという意味だ。

そのまま三十分が経過した。立花と実希子ちゃんは本来の目的など忘れたかのように、楽しそうに話し込んでいる。今日は来ないのかもしれない。僕もそう思って落胆と安堵の入り混じった気持ちになってきた、そのときだった。

来店を告げるチャイムが鳴り、僕は店の出入り口のほうに顔を向けた。

「いらっしゃいま……」

いまでは無意識に口から滑り出るようになった挨拶の言葉が、途中で切れてしまう。不審に思われるといけないので、慌てて言い直した。

「いらっしゃいませ。一名さまでいらっしゃいますか」

歩み寄りながら人差し指を立てる僕に、眼鏡ちゃんはこくりと頷いた。白いブラウスにブラウンのカーディガン、足もとまでの黒いロングスカート。大きなトートバッグにはなにが入っているのだろう。肩にかかる重さに抗《あらが》うように、バッグをかけたほうとは反対側に身体がかしいでいる。相変わらず野暮ったい。でもよく見ると顔立ちが整っていて、とても美人なのだ。藤村馨なんかとは断じて違う。自分は彼女の美しさに気づいているあまり多くない人間のうちの一人だという傲慢《ごうまん》な優越感が、僕の胸を弾ませる。

「空いているお席へどうぞ」

空席の多いアイドルタイムには、わざわざお客さんを席まで誘導したりしない。

彼女はいつもの指定席に座った。

デシャップに入ると、白石さんが盆に水を載せて待っていてくれた。僕の気持ちを知っている同僚たちは、だいたいこうやって眼鏡ちゃんへの接客の機会を譲ってくれる。

眼鏡ちゃんに水を運ぶ途中で、立花たちのいる席の横を通過しながら目で合図を送った。えっ、という顔になった立花が眼鏡ちゃんのほうを軽く振り返り、露骨な真似はするなと実希子ちゃんにたしなめられる。そのやりとりを微笑ましく思いながら、眼鏡ちゃんに水を出した。ふんわりとした石鹸《せっけん》のような匂いを味わいたくて、彼女のそばに行くときの僕はひそかに息を吸い込んでいる。我ながら気持ち悪いと思うけど、こればかりはやめられない。

注文を取りに来るときにもう一度匂いを嗅《か》げると思ってたのに、眼鏡ちゃんは僕が「ご注文お決まりのころに――」と言いかけた途中で軽く手を上げた。

「コーヒーをお願いします」

残念。接触の機会が一回なくなった。

眼鏡ちゃんにコーヒーを出した直後から、お客さんが増えて急に忙しくなった。立花たちは交互にトイレに立ち、近くを通りかかるときに眼鏡ちゃんを観察しているようだった。僕はその後、立花たちをかまうことも、眼鏡ちゃんのお会計すらも担当できなかった。その日のシフトを終えるまで、僕は立花たちが眼鏡ちゃんをどう評価したか気が気でなかった。ところが、仕事を終えて急いで確認したスマホに届いていた立花からのメッセージは、予想外のものだった。

『お疲れ。頑張ってたな。ところで眼鏡ちゃん、マルフサでバイトしてるみたいだぞ。近くを通りかかったときにバッグの中に制服が入ってるのが見えたって実希子が言ってた』

マルフサというのはスーパーの名前だ。僕の田舎では見たことがなかったけれど東京ではメジャーらしく、僕のアパートの近所でも何軒か見かける。ただ僕自身は入ったことがない。最寄りに別のチェーンのスーパーがあり、そこでポイントカードを作ったので、日常の買い物は極力そこでするようにしているからだ。

「マジかよ。もう行くしかないっしょ」

僕から事情を聞いた鳥飼さんが、エプロンをくしゃくしゃに丸めてロッカーに放り込みながら言う。

「でもバイト先まで行くって、気持ち悪くないですか」

「気持ち悪いよ。ってか最初から気持ち悪いんだから、開き直って行けってーの。潔《いさぎよ》くないんだよ、おまえは。なんならおれが一緒に行ってやろうか」

「いやそれは勘弁してください」

「なんでだよ。どうせ望月一人で行っても、黙って買い物して終わりだろう」

そうかもしれないけど、一人ならともかく、二人で押しかけたら行きつけのファミレスの店員だと気づかれてしまうかもしれない。

「行きますよ」

「本当だな？」

「本当です。行きますってば」

けしかけられなくても行くつもりだった。

3

『マルフサ』は僕の勤務先であるファミレスから徒歩十分の範囲だけでも二軒ある。ほかにもコンビニが数軒あって、よくつぶれずにやっていけるなと思うけど、それだけ東京には人が多いということなのだろう。

眼鏡ちゃんのトートバッグに制服が入っていたということは、うちの店にはバイトの前後に寄っているはずだ。自転車通勤だったらもっと行動半径が広くなってお手上げだが、そうでなければ彼女は二軒のうちどちらかで働いている可能性が高い。

まずは僕のアパートから近いほうの店舗に行ってみた。僕のアパートとファミレス、どちらからも同じくらいの距離にある店だ。

店内を一周しながらさりげなく店員の顔を確認してまわる。ざっと見た限りでは、眼鏡ちゃんらしき女の子は見当たらない。けれど店員はレジだけでなく、品出ししながら歩き回っている人もいるし、できあがった弁当や惣菜《そうざい》を惣菜コーナーに運んでくる人もいる。

裏で作業をしている可能性もありえるわけだ。とはいえまさか『関係者以外立ち入り禁止』の掲示を無視してバックヤードに侵入するわけにもいかず、ぐるぐると店内を周回した。そのうち、買い物する気配もないのに店内を歩き回る男を不審がったらしく、店員の視線を感じるようになった。万引きを疑われたようだ。僕は潔白を主張するようにペットボトルのお茶を購入し、店を出た。眼鏡ちゃんを見つけても話しかけることができるかどうかを心配していたが、それ以前に、眼鏡ちゃんを見つけるのが難しいのかもしれない。予想していた以上にハードルの高いミッションだ。購入したお茶を一気飲みしてから自販機横のゴミ箱に捨て、決意も新たに自転車で次の店に向かった。

もう一つの『マルフサ』は、ファミレスと僕の通う大学の中間地点ぐらいにある。最初に訪ねたほうよりも店舗面積は小さいけれど、大学が近いせいか若者客で賑《にぎ》わっていた。

店に入り、レジを横目に通過しようとしたところで、僕は息を呑んだ。

眼鏡ちゃんだ。五台あるうち、出入り口から一番遠いレジに入り、両手を身体の前で重ねて立っている。赤いエプロンと三角巾《きん》姿。実希子ちゃんが見た、バッグに入っていた制服というのはあれだろう。

反射的に踵を返して店を出て行きそうになるのを、ぐっと堪えて踏ん張った。ここで引き返してはなんの意味もない。

店内をうろうろと歩き回りながら、棚の隙間から見え隠れする眼鏡ちゃんを観察した。眼鏡ちゃんはとくに無愛想でもなく、だからと言って溌剌《はつらつ》としているわけでもなくといった感じで、淡々《たんたん》とレジをこなしていた。ほかのレジに入っているアルバイト同士はお客さんが途切れるとおしゃべりしているが、眼鏡ちゃんが会話に加わることはない。真面目なのか、それともこのバイト先になじめていないのだろうか。

そのうち前の店と同じように店員の視線を感じるようになってきた。ときおり商品を手に取って検討する演技をするなど工夫をしたつもりだったけど、やっぱり普通の買い物客には見えないらしい。

僕は幕の内弁当を手に取り、彼女のレジへと向かった。幸か不幸か一つ前のお客さんが買い物かごいっぱいに買い物していたため、商品をスキャンする彼女の顔をたっぷりと拝《おが》める。やっぱりかわいい。買い物かごの中身が減っていくたび、鼓動が速くなった。

「こちらのレジどうぞ」

ふいに隣のレジから声をかけられた。しまった。前のお客さんの会計に時間がかかるということは、隣のレジのほうが早く空く可能性が高いということだ。前のお客さんの買い物かごはすでに空になり、お客さんは財布からお金を取り出そうとしていた。でも小銭を出すのに時間がかかってもたついている。早くしろ。早くしろ。僕は心で叫ぶ。隣のレジに誘導されてしまえば、僕はただちょっと遠いスーパーまでお弁当を買いに来た人だ。

「こちらどうぞ」

もう一度、さっきより大きな声で呼ばれた。もう聞こえないふりはできない。僕はいま気づいたという顔で、隣のレジのほうを見る。僕と同じくらいの年代の店員が、何度も言わせるなよという顔でふたたび「どうぞ」と言った。僕の前のお客さんはまだ小銭をじゃらじゃらさせている。万事休す。終わりだ。

ところが諦めて列を離れようとしたそのとき、隣のレジに買い物かごを提げたおばさんが走り込んできた。自分の陣地だと主張するように、どすん、と会計台に買い物かごを置く。おばさんナイス！　ファインプレー！

隣のレジの店員は舌打ちでもしそうな顔でおばさんを睨《にら》んでいたが、「えっ。もしかしてあなたが先だった？」という感じできょろきょろするおばさんに、僕が「どうぞ。ぜんぜん大丈夫です」と順番を譲ったのだから文句も言えない。

かくして僕は見事、眼鏡ちゃんに会計してもらう権利を手に入れた。

——あれ、もしかして……？

——ファミレスの店員さんですか。

——そうです。覚えていてくれましたか。

――もちろんです。いつもお世話になっていますから。

――こちらこそ、いつもご利用ありがとうございます。

――お弁当買うってことは、一人暮らしですか。私もなんです。

――そうなんですか。じゃあお互い家も近そうだし、今度どこかでご飯でもどうですか。

行列に並んでいるときからシミュレーションを繰り返していたが、実際には僕は口を開くこともできず、彼女は彼女で、僕が何者か気づいた様子もなく、ただ粛々と会計を済ませてレジを離れた。

「それで結局、ちょっと遠いスーパーで弁当だけ買って帰ってきたのか」

鳥飼さんがあきれたように鼻を鳴らした。

「でもただで帰ってきたわけじゃありません。なんたって眼鏡ちゃんは、眼鏡ちゃんから小堀《こぼり》ちゃんに昇格したんですから」

「馬ぁ鹿。名札を盗み見るぐらい誰だってできるだろうが」

そう。シミュレーションはまったくといって役に立たなかったが、僕は眼鏡ちゃんの左胸につけられた名札を凝視した。彼女は『小堀』という苗字らしい。これで彼女は名無しの『眼鏡ちゃん』から晴れて『小堀ちゃん』になったわけだ。

バイトの休憩室でそのことを報告した結果が、目の前であきれたように長い息をつく鳥飼さんというわけだ。

「小堀なにちゃんなんでしょうね」

「くだらない。おれは失望した。おまえなんて童貞こじらせて魔法使いになっちまえ」

「そんなこと言わずに一緒に考えてくださいよ。小堀ちゃんの名前。僕は『子』がつく名前がしっくりくると思います。小堀キョウコ、小堀ケイコ、小堀アッコ……どうですか」

つまらなそうに唇を曲げていた鳥飼さんが、やがてぼそりと言った。

「どう考えてもノゾミだろう、ノゾミ。小堀ノゾミ」

「ああ。その名前もいいっすね」

こんな童貞の馬鹿な妄想に付き合ってくれるこの人が、とても好きだと僕は思う。

それからも眼鏡ちゃんあらため小堀ノゾミちゃんは週に何度かうちの店を訪れた。けれどなにも起こらなかった。当たり前だ。彼女は僕の存在を認識してすらいない。彼女が僕に気づいて、僕のアピールしやすい環境を整えてくれるなんてありえないのだ。僕のほうから勇気を振り絞らないと。

僕はもう一度『マルフサ』を訪ねる決意をした。たんにスーパーに買い物に行くだけなので決意なんて大それたものではないかもしれないけれど、今度こそ小堀ノゾミちゃんに話しかけるのだという不退転の覚悟があった。

ところがそんな覚悟を持って店を訪ねたときに限って、彼女の姿がレジになかったりする。肩すかしを食らったかたちになったが、それで引き下がるつもりはなかった。それから僕は毎日『マルフサ』に通い、弁当を買い求め続けた。

なぜ彼女はいないのだろう。体調を崩して休んでいるのだろうか。もしかして、バイトを辞めてしまったのだろうか。このところファミレスのほうにも姿を見せていない。それか、サークルの合宿でどこかに泊まりがけの旅行に出かけているとか。もしそうなら、そこには男子学生もたくさんいるわけで。みんなで夜中までわいわい楽しくやっていると、そりゃ中には惚れた腫《は》れたみたいな関係も生まれてくるわけで。いや、なぜ彼女に恋人がいない前提で考えているんだ。とっくに誰かと付き合っているかもしれないじゃないか。彼氏とどこかに旅行に出かけて……ああ、もう耐えられない！

一人で勝手に妄想を巡らせてどんどん絶望的な気分になっていった十日目に、ついに彼女の姿を見つけた。最初にこの店を訪ねたときと同じように赤いエプロンと三角巾を身につけ、無愛想でもなく溌剌としてもいないといった態度で淡々と接客している。

僕は弁当コーナーで一番値の張る牛タン焼き肉重を手に取り、レジへと向かった。彼女にたいしての見栄というより、自分に気合いを入れるための投資のつもりだ。

小脇に牛タン焼き肉重を抱え、彼女のレジが空くタイミングを見計らう。せっかく一食に九八〇円もの大枚を叩《はた》くというのに、隣のレジに誘導なんてされてたまるものか。

五分ほど店内をうろつきながら様子をうかがっていると、彼女のレジだけ行列が短くなるタイミングがあった。僕は小走りにレジへと急ぐ。別の通路から買い物かごを提げたおじさんが近づいていたが、今回ばかりは順番を譲る気はない。さっと身を翻《ひるがえ》すようにしてレジに並んだ。背後からおじさんの聞こえよがしな舌打ちが飛んできたが、ここは聞こえないふりだ。

僕の前にお客さんは一人。それも料理の途中で慌てて足りないものを買いに来たのか、調味料の小瓶一本だけの購入だった。

おいおい待ってよ、まだ心の準備が。気持ちを鎮《しず》める暇もないまま、僕の番が回ってきた。

「いらっしゃいませ」

彼女がギリギリ不快感を与えない程度の愛想で挨拶をし、牛タン焼き肉重をスキャナーに通す。

「九八〇円に――」

「あれ。もしかして」

値段を告げるのに声をかぶせてしまい、しまったと思う。

彼女は怪訝そうに首をかしげ、僕の顔を真っ直ぐに見つめた。息が詰まる。考えてみれば、彼女とこんなふうに真っ正面から見つめ合ったのは初めてのことだ。

時間がない。僕は慌てて続けた。

「僕、あのファミレスの店員です。よく、いらっしゃってますよね」

「ああ。そうですか」

ファミレスがどの店を指すのかはピンと来た様子だが、こんな店員さんいたっけ？　という表情だ。本当に認識されていなかったんだと、僕は内心で落胆した。だが、話しかけてしまった以上、ここでおめおめ引き下がるわけにはいかない。

「最近あまりいらっしゃいませんよね」

「えっ……」

彼女の頬が瞬時に強張《こわば》る。やべっ、引かせちゃった。僕はわけがわからなくなる。

「いやあの、もしかして体調崩したりとかしたのかなと」

「いえ。テスト休み」

「ああ。そうか、テスト……」

引きまくった彼女との距離が一〇〇メートルぐらいに感じる。なんとか取り返さないと。僕は焦る。

おまけに、う、うん、と後ろに並んでいたおじさんに咳払《せきばら》いで急《せ》かされてしまう。おじさんちょっと待ってて。いま一世一代の大勝負なんだ。

だけどおじさんの咳払いは効果的だったようだ。

「えっと、九八〇円です」

会話を打ち切るように、彼女が値段を告げる。

僕がトレイに載せた千円札をレジに収納し、自動で吐き出された二〇円とレシートを手渡してきた。

「またお店で」

親しげに手を上げてみたが、彼女から返ってきたのは「ありがとうございました」という儀礼的な挨拶だけだった。

「ああ、もう最悪」

僕は思わず両手で顔を覆った。明らかに彼女はドン引きしていたし、もう二度とお店に来てはくれないだろう。

「まあ、今回は良い勉強になったってことで、よかったじゃねーか」

慰めてくれる鳥飼さんの声がどこか弾んでいるように聞こえるのは、気のせいだろうか。この人、おもしろがってるんじゃないか。

目が回るようなお昼のピークが過ぎ去り、嘘のように人がいなくなったホールで、僕と鳥飼さんは各テーブルを拭き上げたり、ナプキンや調味料を補充したりしながら時間を潰《つぶ》している。

「やっぱまずかったですよね」

「まずいな」

「もうちょっとやさしい言い方してくれないんですか」

「どんな言い方しても結果は同じだよ。ぜんぜん意識もしてなかったファミレス店員から、最近あまりいらっしゃいませんよね、なんて言われたら気持ち悪いどころか怖《こえ》ぇーよ。軽くホラー入ってんだろ」

そうだよなあ。なにか言わなきゃと焦っていたせいで、言わなくていいことを口走ってしまった。「最近あまりいらっしゃいませんよね」は、「あなたのことをずっと見ています」と同義だ。好きな人から言われたら嬉しいかもしれないが、彼女にとって僕は、その店で働いていたことさえ知らなかったような相手だ。いきなりそんなことを言われたら怖いだろう。

「しかもあれだろ。最後は、ありがとうございました、だろ」

「生真面目《きまじめ》だからマニュアル通りの挨拶をしたって可能性はないですか」

たぶんそうではないと、自分でも思う。あの事務的ともいえるお辞儀の仕方は、これ以上あなたと親しくなるつもりはありませんと宣告されているようだった。

「どういう言い方だったのか見たわけじゃないからなんとも言えないけど、あんま印象はよくなかったんじゃないかなあ」

「ですよね」

ため息と一緒に魂までこぼれ出してそのまま死んでしまいそうだ。

「でも、望月はよくやったと思うよ。まさか眼鏡ちゃんのバイト先に行って話しかけるなんて、そこまでするとは思ってなかった」

「けしかけたのは鳥飼さんじゃないですか」

八つ当たりなのはわかっているけど、誰かのせいにしないとやってられない。

口を尖《とが》らせて抗議すると、鳥飼さんは手をひらひらとさせた。

「誤解するな。悪い意味で言ったんじゃない。おまえにそんな度胸があるとは思わなかったって感心してるんだ。よくやった。よく頑張った。アタックしてみないと、脈があるかないかもわからないじゃないか」

「そうですけど」

「脈があるかもわかんないのにその先のことを考えて、くよくようじうじ悩んでても意味ないんだ。人生は一度きりだし、意外と短い。駄目なもんは駄目ってさっさと見切りをつけて、次に進んだほうがいい。女なんて星の数ほどいるんだからな」

「はあ……」そういうものなのかな。まだそこまでは考えられないけど。

「そうだ。今度合コン組んでやるよ」

「いいっすよ」

「なんで」

「鳥飼さんが連れてくる女の子なんて、ぜったい僕の好みじゃないし」

「そうやって最初から可能性の扉を閉ざしてしまうのがよくねえんだっての。いいか。失恋の痛みを癒やすには新しい恋が一番なんだ。一発カマしときゃ、眼鏡ちゃんのことなんてさっぱり忘れるさ」

歩み寄ってきた鳥飼さんに、股間を鷲《わし》づかみにされた。

「ちょっと。なにすんですか」

「とりあえず誰かに抜いてもらえ」

「勘弁してください」

身体をよじって逃げると、鳥飼さんが大声で笑った。

が、来店を告げるチャイムが鳴り、鳥飼さんが笑いを収める。

出迎えに行こうとする鳥飼さんを「僕が」と手で制し、出入り口のほうに向かった。

「いらっしゃいま……」

いつかのように挨拶の言葉が途切れてしまった。

そしていつかのように、入ってきたのは眼鏡ちゃん――あらため小堀ちゃんだった。出迎えの店員が僕だとは思っていなかったのか、あっ、という顔になる。僕は申し訳ない気持ちになった。この店でコーヒーを飲みながら文庫本を読んで過ごすのは、彼女にとって大切なひとときだったかもしれない。なのに僕が彼女のバイト先にまで押しかけて話しかけたことで、彼女はこの店に来るのに気を遣わないといけなくなった。

もう辞めちゃおうかな。僕さえいなくなれば、彼女は大事な憩《いこ》いのひとときを取り戻すことができる。

そんなことを考えながら、極力事務的に応対しようと人差し指を立てた。

「一名さまでいらっしゃいますか」

「こんにちは」

人数の確認とほぼ同時に発せられたので、彼女の声がはっきり聞き取れなかった。はっきりとは聞き取れなかったが、いま彼女は僕に「こんにちは」と言わなかったか。

「一名さまで――」

もう一度確認しようとすると、今度はさっきより大きな声が飛んできた。

「こんにちは」

僕は頭が真っ白になった。いったいなにが起こっているのだろう。彼女は僕に「こんにちは」と挨拶した。さらに、

「この前はどうも」とまで付け加えた。まるで知り合いみたいじゃないか。

「あの、一人です」

不安そうな顔になった彼女が、遠慮がちに人差し指を立てる。

僕ははっと我に返った。

「こんにちは！　この前はどうも！　お一人さまですね！」

僕の大声に驚いて飛んできた鳥飼さんが、小堀ちゃんの姿を見てぎょっと目を剝いた。

4

「お疲れ」

まかないの皿を持った鳥飼さんが、休憩室に入ってくる。

ということは、僕の昼休憩もそろそろ終わりか。

「お疲れさまです」

僕は読んでいたページに栞《しおり》を挟《はさ》み、文庫本を閉じた。

「また読んでんのかよ」

鳥飼さんがあきれたように言いながら、僕の隣の席に腰を下ろす。

「またって言っても、前に読んでた本と同じやつですよ」

なにしろ僕は活字を読むのが遅い。おまけに理解力がないので、少し前に戻って事実関係を確認したりしながら読み進めている。おかげでたいして厚くない文庫本でも、読み終えるのに何日もかかってしまう。

でもこの本を読み終えれば、出版されている藤村馨の作品はすべて読み終えたことになる。藤村馨はもちろん、小堀ちゃんのお気に入りの作家だ。たった三冊しか刊行されていないようで助かった。ありがとう藤村馨。

「すげーな。愛の力ってやつだ」

鳥飼さんは皿に盛られたスパゲッティーをフォークで巻きながら、僕が置いた文庫本の表紙をもう片方の手でぱらぱらとめくる。あまり興味はないけど手持ち無沙汰《ぶさた》だったから、という手つきで。

「これ、おもしろいの？」

その質問には、ううんと唸《うな》りが漏れた。

「僕にはよくわかりませんけど、すごいと思います。痛かったり、苦しかったりするような描写がけっこうエグくて」

そうとしか言えない。けっして読んでいておもしろいという類いの小説ではないし、なんでこんな暗い内容の本を好きこのんで読むのだろうと疑問に思うが、そういうのが好きな人もいるのだろう。少なくとも、僕にとっては小堀ちゃんがお気に入りの作家であるというだけで読む意味がある。この本を読むことは、小堀ちゃんと同じ体験をするということだし、彼女という人間を深く知るためのきっかけにもなりえるかもしれない。僕は彼女を知りたいし、彼女と同じものを見たり聞いたりしたときに、同じような感想が抱けるようになりたい。

休憩を終えてホールに戻ると、白石さんのニヤニヤ顔が迎えてくれた。

「来てるよ」

わざわざ耳打ちしてくれなくても、その表情を見ればわかります。

「いらっしゃいませ」

僕はホールに出ると、景気づけに声を出した。

一番奥の席で文庫本を読んでいた小堀ちゃんが、僕の声に気づいて顔を上げる。僕が軽く会釈《えしゃく》をしたら、同じような遠慮がちの会釈が返ってきた。それだけで僕の頬は緩んでしまう。

二度とお店に来てくれないと思っていたけれど、小堀ちゃんは来てくれた。いまでも以前と同じぐらいのペースで通ってくれる。以前と変わったのは、注文や水差しや会計のタイミングで一言二言会話をしてくれるようになったことだ。とはいっても「雨が降りそうな天気ですね」とか「この新メニューがおすすめですよ」とか「今日もこれからバイトですか」とか、当たり障りのない内容だけど。もうすぐ読破する藤村馨の本の話はまだできていないし、小堀ちゃんという彼女の名前も、まだ知らないことになっている。スーパーの名札を見てあなたの名前を覚えましたなんて、気持ち悪がられそうでとても言えない。

だがそろそろもう一歩進みたい。藤村馨作品の良さは正直よくわからないけれど、彼女に説明してもらえば理解できるかもしれない。今日はその話をするつもりだった。

ウォーターピッチャーを右手に持ってホールを回り、水の減ったグラスの水を注ぎ足していく。小堀ちゃんのグラスも水が半分ほどになっているのは、デシャップからでも見えていた。

「失礼します」

小堀ちゃんのグラスを手に取ると、彼女が文庫本から顔を上げる。

「ありがとうございます」

僕は微笑で応え、彼女に訊いた。

「なにを読んでいらっしゃるんですか」

質問されてやや虚を突かれた様子だったが、彼女はもう引いたりはしない。ちゃんと答えてくれる。でもその名前に聞き覚えがなくて、今度は僕が虚を突かれた。藤村馨がお気に入りだからといって、三冊しか刊行していない作家の本ばかり繰り返し読んでいるわけではないようだ。つくづく僕は浅はかだった。

知らない名前だ、という気持ちが顔に出たらしい。

彼女はブックカバーをめくって、タイトルを見せてくれた。

「映画化されていま話題だから」

だから購入したのだと言いたいらしい。タイトルを見ればわかるだろう、というニュアンスも含まれているようだったが、残念ながら僕は映画をほとんど観ないし詳しくない。じゃあなにに詳しいのかと言われれば、答えに窮《きゅう》する。僕にはなにもない。

「お、おもしろいんですか」

ううん、と微妙な表情。あまりおもしろくないのか。

「でも映画のほうはおもしろいって評判だから、観に行ってみようかと思って——」

「じゃあ、一緒に行きませんか」

思わず口をついて出た言葉だった。

言ってしまってからすぐに後悔する。彼女は信じられない発言を聞いたという表情で、目を瞬《しばたた》かせていた。

「すいません。冗談です」と反射的に口走り、これではいけないと手をひらひらとさせる。

「いや、冗談じゃなくて。いやまあ、いきなり映画とかはあれだったかもしれませんけど、お茶とかできたらいいなとか、僕なに言ってんだろ」

欲求と理性がおしくらい饅頭《まんじゆう》状態で、頭の中がぐちゃぐちゃになる。そして考えていることをそのまま口に出しているので、しどろもどろだ。でもここで引いたら駄目だ、たぶん。

「あの、よかったら友達になってくれませんか」

そう。ようするにこれが言いたかった。自分で自分を褒めてやりたい。

「友達……」

彼女は相当驚いているようだ。視線があちこちに泳いでいる。

「そうです。友達です。あの、別に変な意味じゃなくて」

変な意味の「友達」っていったいなんなんだ。なにを言っているのかわからない。

近くのテーブルのお客さんに会話を聞かれていたらしい。こちらを見ながらひそひそ話をしている。

自分も恥ずかしいけど、それ以上に小堀ちゃんに申し訳ない。お金を払ってサービスを受ける立場なのに、これじゃ晒し者だ。

さすがにいたたまれなくなった。

「ごめんなさい。やっぱり忘れて――」

「友達……なら」

はっとして顔を上げた。

小堀ちゃんが困ったように肩をすくめる。

「ありがとうございます。嬉しいです。あの、僕、望月といいます。望月公太郎です」

「小堀充希《みつき》です」

ノゾミじゃなかったんだと思った。

5

それから僕は、たまに充希ちゃんと会うようになった。

西武《せいぶ》線の沿線のスーパーでアルバイトをしているので、てっきり彼女も近所に住んでいるとばかり思っていたが、住んでいるのは八王子《はちおうじ》だそうだ。アルバイト先の最寄り駅からは一時間以上かかる。どうしてそんなに遠くから通勤しているのかと訊ねると、「希望の時間帯で働かせてくれるお店がここしかなかったし、大学の近くだと知り合いに会うかもしれないから」という答えが返ってきた。本部が一括してアルバイトを募集し、希望と条件に合う店舗を紹介するかたちだったようだ。それにしてもバイト先まで一時間はつらいだろうに。もしかしたらあまり長くバイトを続けるつもりはないのかもしれないと思うと、少し焦った。

白石さんの予想通り、彼女は大学一年生だった。彼女の通う八王子の大学はお嬢様学校として有名なところで、僕でも名前を知っていた。けれど彼女自身はけっしてお嬢さま育ちではないのだという。貧しさから抜け出すために猛勉強して大学に入り、奨学金だけでは足りないので、アルバイトをしているそうだ。実家からの仕送りも受けずに頑張っているらしい。

正直なところ、彼女との会話はそれほど盛り上がらない。彼女はいつも本ばかり読んでいるようで、世間の流行にあまり関心がない。人気タレントの名前も、社会現象を巻き起こしたようなドラマのタイトルやあらすじも、まったく知らなかった。もともと感情を表に出さない性格なのもあって、こちらが話していると、退屈しているのではないかと不安になることもしばしばだ。だが退屈していないか確認してみると「そんなことないよ」と微笑んでくれるし、会おうという誘いを断られることもない。だから楽しんでくれていると信じることにした。話がかみ合わなくても、ふいの沈黙に襲われても、僕は楽しいのだ。

「それ最初はよくても後で苦しくなるパターンじゃね？」と、鳥飼さんが喜びに水を差す。

僕らはシフトを終えて私服に着替える最中だった。

「でも下手に趣味が合ったら、それはそれで細かい好みの違いとかが気になるんじゃないですか」

たとえばお互いにアニメが好きでも、完全に同じ番組ばかりを観るとは限らない。たとえばお互いにロックが好きでも、お気に入りのバンドは異なるかもしれない。だったらいっそぜんぜん異なる嗜好《しこう》と価値観を持っている者同士のほうが、お互いを素直に尊敬し合えるのではないか。

しばらく唇を曲げて考えていた鳥飼さんが、「いや」とかぶりを振る。

「程度の問題じゃないか。少なくとも相手がなにを話しているかだいたいわかってないと、尊敬だってできないだろう。同じ日本語かもしれないけど、まったく興味のない分野の固有名詞ってのは外国語と同じだ。外国語なら意味がわからないとか文化の違いとかで諦めがつく部分もあるけど、同じ日本語を話している者同士なのに相手の話している内容がさっぱり理解できないっていうのは、けっこうつらいものがあると思うぞ」

「だからこうして彼女を理解しようとしているんじゃないですか」

僕はリュックから文庫本を取り出した。

鳥飼さんが口笛を吹く真似をする。

「変わるもんだね。本なんかぜんぜん読まなかった男が」

「愛の力ってやつです」

へっ、と鼻で笑われた。

「あんま無理してっと、おまえがぶっ壊れるぞ」

「無理してませんよ」

「まあ、おまえが幸せならそれでいいんだけど」

「めっちゃ幸せです」

「頑張れよ」

別れ際に肩を叩いて励まされた。この後も充希ちゃんと会う予定なのだ。そして僕はこれから、充希ちゃんに告白しようと思っている。はっきりと確認したわけではないけれど、どうやらいま現在付き合っている男性はいないようだし、たぶん僕が一番頻繁に会っている友達のはずだ。断られることはないと思う。

自転車で『マルフサ』の方角に走り、近くのマンションの陰でスタンドを立てた。彼女を待つのはいつもこの場所だ。彼女の勤めるスーパーは夜十一時までの営業だが、閉店間際にはお客さんも少なくなるので早めに帰されることが多い。そもそも閉店まで働くと、終電ギリギリになってしまうらしいのだ。

今日も夜十時までの勤務だと聞いていた。僕も十時で深夜勤のバイトさんにシフトを引き継ぐことが多い。彼女のバイト終わりを待って合流し、彼女を駅まで送るというのが定番になっていた。

『着いたよ』とメッセージを送ってから五分ほど経って、彼女は待ち合わせ場所に現れた。予想していなかったタイミングなので、僕は驚いてあたふたとしてしまう。メッセージが既読になるのを待って、ずっとスマホの画面を見つめていたのだ。

「行こうか」

僕は彼女に並び、自転車を押して歩き出した。

駅までは徒歩でおよそ十分。いつもはバイト先に来る変な常連客の話や、大学で起こったおもしろい出来事、テレビやインターネットで見かけた話題などについて、僕が一方的にまくし立てるのだが、今日は告白するつもりなのでネタを用意していない。与えられた時間も長くないので、早めに切り出すつもりだった。

が、いざとなるとなかなか言葉が出てこない。

僕がしゃべらなければ、充希ちゃんもしゃべらない。僕とは違い、沈黙が苦にならないタイプのようだ。「今日は元気ないけど、どうしたの?」なんて気を遣ってくれてもいい気がするけど、それもない。でもそれは仕方がないんだ。駅まで送って欲しいなんて、彼女から頼まれたわけじゃない。むしろ「家、逆方向なんでしょう? 一人で帰れるから」といつも遠慮される。僕が望んで勝手にやっていることなんだ。

ほとんどなにも話さないまま、五分が過ぎた。実のところ、このところこうやって二度、告白できずに終わっている。今日こそ三度目の正直だった。

僕は自分に気合いを入れるために、ぎゅっとブレーキを握り締め、わざと甲高《かんだか》い音を立てた。沈黙を苦にしない充希ちゃんも、さすがに僕を置いて歩き去ったりはしない。立ち止まって振り返る。

「あのさ、充希ちゃん」

ちょうど前のほうからサラリーマンふうのスーツのおじさんが歩いてきたので、通り過ぎるのを待ってから続けた。

「僕と付き合ってくれないかな」

充希ちゃんはかなり驚いた様子だった。目を見開き、口を半開きにして固まっている。その反応を見て、僕は少し傷ついた。そんなに予想外だったのか。充希ちゃんも僕の気持ちに気づいてくれていると思っていたのに。

「ごめんなさい」

断られたのも予想外だった。

「なんで？　僕のことが嫌い？」

とてもかっこ悪いと思う。だけど、どうしても納得がいかない。

「嫌いじゃないよ。良い人だし」

「じゃあなんで……もしかして彼氏いるの」

充希ちゃんはうつむきがちにかぶりを振った。緊張の糸がかすかに緩んだ気がして、僕はようやく息を吐くことができた。

だけど、続く充希ちゃんの告白でふたたび全身が硬直した。

「好きな人がいる」

これ以上ない断り文句だったけど、僕には受け入れられなかった。

「……どういう人？」

この上なく情けなくてダサくてかっこ悪い。けれどそれぐらい彼女のことが好きなんだ。

「言いたくない」

「その人には、告白しないの」

「その人、別の人を好きだから」

屈辱的な気持ちだった。充希ちゃんの好きな男には、好きな女の子がいる。僕みたいに充希ちゃんを振り向かせようという努力はしていない。なのに、どうして僕じゃ駄目なんだ。

「じゃあ、とりあえず僕でいいじゃない。僕じゃ駄目なの」

「駄目っていうか……」

彼女が困ったように眉尻を下げ、僕を見上げる。そんな顔をさせて申し訳ないと思うけど、どうしても諦めきれない。

「それじゃ、こうしようよ。僕はつなぎの彼氏ってことで」

「つなぎ?」

「そう。とりあえず付き合いはするけど、もしも充希ちゃんとその彼が上手くいきそうになったら、僕は潔く身を引く」

この発言自体が潔くないのはわかっている。でも僕はどんなかたちでも、彼女と一緒にいられれば幸せだ。自分を振り向いてくれず、別の女の子と付き合っているような男よりも、僕と一緒にいたほうが彼女だってきっと幸せになれる。僕ならきっと彼女を幸せにできる。そうしたら彼女の気持ちだって、きっと変わる。

「でも……」

「お願い」僕は合掌《がっしょう》した。

「せめてチャンスをくれよ。駄目だと思ったら、すぐにフッてくれてかまわないから」

「そんなの、悪いし」

「悪くない。ぜんぜん悪くない。だって僕がそうお願いしてるんだ。もし僕に悪いなんて考えるぐらいだったら、僕と付き合ってよ」

充希ちゃんは困り果てた様子だ。けれどこの段階ではっきり断られていないということは、まだ望みがある。たとえ彼女の強く断り切れない性格につけ込むかたちになったとしても、いまはとにかく結果が欲しい。

「ね。ね。お試し期間ってことで。もし無理だったら即返品可。いまならサービスでドリンク割引券もつけちゃうから」

僕が財布から取り出したバイト先のドリンク割引券を差し出すと、充希ちゃんが小さく笑った。あとひと息だ。

「お願いします。二千円分のお食事クーポンもつけるから」

ふたたび財布を開けようとすると、「もういいから。いらないから」と充希ちゃんが手を振った。その表情は笑顔だ。

「じゃあ、いい？　僕と付き合ってくれる？」

じっと一点を見つめたまま躊躇《ちゅうちょ》していた充希ちゃんが、ついに頷いた。

「やった！」

やった！　やった！　やった！

無数の「やった！」が僕の中で反響して跳《は》ね回って多重奏になってわけがわからない。

ひとまず喜びを吐き出そうと両手を振り上げながらジャンプした。ところが右手がハンドルに引っかかってしまい、自転車を倒してしまいそうになる。それを防ごうと慌ててハンドルに手をのばしたが、バランスを崩して自転車ごと転倒してしまった。

「大丈夫？」

充希ちゃんが心配してくれる。

「大丈夫。ぜんぜん大丈夫」

本当は痛かったけれど、喜びのほうが勝った。

6

「お待たせ」

充希ちゃんが小さく手を振りながら駆け寄ってくる。

僕は指先まで幸福が満ちてくるのを感じながら、彼女に微笑を向けた。

「お疲れさま。今日はどうだった」

「うん。なんでかな、いつもよりちょっとお客さんが少なかったかも。おかげで時間が過ぎるのが遅くて」

「それキツいね。なんもやることないと本当に時間が経つのが遅いもんな。あれどうしてだろう」

「そうだよね。忙しすぎるのも疲れちゃうけど」

「適度に忙しいぐらいがちょうどいいよな」

たわいのない会話をしながら駅までの道のりを歩く。

――おまえ、それで付き合ってるって言えるの？

脳裏《のうり》に鳥飼さんの声が蘇《よみがえ》り、ハンドルを握る手に力がこもった。たしかに鳥飼さんの言う通りだ。これじゃ付き合う前となにも変わらない。

充希ちゃんと付き合い始めてから、一か月が過ぎた。お互いに授業とバイトで忙しくしているため、まだ二人でどこかに出かけたりはしていない。デートと言えば、もっぱらバイト終わりの彼女を駅まで送ることだ。週に三日、彼女のバイト先から駅までのおよそ十分の道のりを、おしゃべりしながら帰る。バイト中にそのことを話したら、鳥飼さんが先ほどの台詞を吐いたのだ。目を丸くして、ご丁寧に声も裏返して、まったくもって信じられないという口ぶりで。

――おまえ、それで付き合ってるって言えるの？

「でも、二人とも忙しいし」

僕は言い訳した。そう。忙しいのだから仕方がない。それに、どこかに出かけたりできなくても僕はじゅうぶんに幸せだ。

ところが、鳥飼さんは納得しなかった。

「いやいや忙しいっつったってぜんぜん休みがないわけじゃないだろ」

「僕はそうですけど」

「向こうだってそうじゃないのか。土日もバイト入ってるのか」

「土曜日は、入ってます」

「日曜日は」

「さあ……」

なにをしているのだろう。考えたことがないわけではないし、休みの日はなにをしているのか質問したりもするが、だいたいは本を読んで過ごしたという答えが返ってくるのでそれで納得していた。買ったけれどもまだ読んでいない本が山積みになっていて、一日の休みだけではとても追いつかないのだという。

その説明ですら、鳥飼さんには受け入れがたいようだ。

「それってさ、望月と過ごすよりも本を読んでいたいってことじゃないか」

「そう……ですね」

「望月はもっと会いたいとか思わないの」

「そりゃ思いますよ」

いまだって幸せだけど、もっと頻繁に、長い時間会えたらどれだけ幸せだろうと思う。けれどそんな自分の欲求を彼女にぶつけていいのかという遠慮があった。

だって僕はつなぎの彼氏だ。

僕は死ぬほど彼女のことを好きだけど、彼女はそれほどでもない。それぐらいはわかっている。

「それじゃ駄目だろう」と鳥飼さんは言う。

「どういう経緯であれ、ＯＫしてくれたんなら彼氏と彼女だろう。そんなふうに遠慮してたんじゃ、いつまで経っても距離なんて縮まらないじゃないか。おまえ、本当にお試しの彼氏で終わってもいいと思ってるのか」

「まさか」そんなわけがない。

「だよな。最初はお試しのつもりでも、気づいたら望月のことを本気で好きになっていた。それが狙《ねら》いなんだろう」

「そうなればいいなと思っています」

「だったらもうちょっと強引にいかないと駄目なんじゃないか。友達ならＮＧかもしれないけど、彼氏彼女になったたってことは相手になにかを要求する権利をえたってことなんだから」

「そうなんですか」

「そうさ。どっか出かけて、盛り上がってきたらチューでもして、そのままどっちかの部屋に泊まって押し倒しちまえばいい」

「なっ……」

なんてことを。いっきに耳まで熱くなる。

「なんすか、それ。なんてこと言うんですか」

考えたことがないわけではない。付き合うということは、そういうことも含まれるのだろう。けれど、充希ちゃんとそんなことができるなんて想像もできない。

「なんだよ。だっておまえら、二人とも一人暮らしだよな」

「そうですけど」

「お互い一人暮らし同士なのにまだろくに手も握ってないとか、天然記念物かよ。学生の一人暮らし同士なんて、普通猿みたいにやりまくるだろ」

なんてはしたないことを。

「でも別に、そういうの目当てで付き合ってるわけじゃないし」

「おまえは童貞だからわかんねえんだよ。セックスは別に特別なことじゃないし、汚いことじゃない。付き合ってる同士なら当然の、愛情の確認行為だ。身体を重ねることで相手のことがよりいとおしくなるあの感覚、わかんないよな、童貞には」

「童貞童貞、言わないでください」

「言われたくなきゃさっさと卒業しろっての。眼鏡ちゃんの好きな男のことを、おまえが忘れさせてやりたいんだろ」

「まあ……」

「だったら悪役を買って出ろ。ただやさしいだけの男なんてつまらない。強引にいって、相手に言い訳を与えてやるんだ。女のほうからベッドに誘えるわけないだろうが」

そのとき、キッチンの社員さんから怒声《どせい》が飛んできた。

「馬鹿野郎！　ホールでなんてこと話してんだ！」

鳥飼さんが振り返りざまに言い返す。

「いまノーゲスですよ」

ノーゲスト。お客さんが一人もいないという意味だ。

「そういう問題じゃないだろ！」

「はーい。ちょっと外掃除してきまーす」

やる気なさそうに応じ、鳥飼さんが外に出ていった。

鳥飼さんの主張がすべて正しいとは思わないけど、一理あると思わされたのはたしかだった。僕と充希ちゃんは彼氏と彼女になったはずなのに、付き合う前となにも変わっていない。なかば強引に交際を承諾させた以上、この関係から一歩踏み出すきっかけ作りは僕の役割なのだろう。

今日こそは、と思いつつ、結局また駅まで来てしまった。

「送ってくれてありがとう」

充希ちゃんはいつも律儀にお辞儀をする。

「じゃあ、また」と軽く手を振って駅に向かおうとする彼女を、「充希ちゃん」と呼び止めた。彼女が振り返る。

「今度の日曜、なにしてる」

「たぶん、本を読んでると思うけど」

「どこかに出かけたりとかは？　遊園地とか、水族館とか」

「ごめん。あんまり、そういうのは……」

微妙な反応に心が折れそうになる。でも、覚悟の上で付き合ったのだ。ここでくじけてはいけない。

「じゃあ、本屋さんは？　本屋さんなら行くでしょう」

「うん。それなら行くけど」

「一緒に行かない？　ってか、僕も一緒に行っていい？」

渋々といった雰囲気がありありと伝わってきたものの、彼女は頷いた。鳥飼さんが言っていた「言い訳を与える」とはこういうことかもしれない。

次の日曜日。僕は神保町《じんぼうちょう》で充希ちゃんと待ち合わせ、書店巡りをした。あれがおもしろいとかこれがおすすめだとか言い合いながら――とはいえ僕がおすすめできる本はマンガぐらいだけど――棚を見て回るデートを期待していたのだが、真剣に本を吟味《ぎんみ》し始めた彼女は、とても話しかけられる雰囲気ではない。僕も近くで本を選ぶふりをしながら、彼女の様子をちらちら盗み見るしかできなかった。

「ごめんなさい。つまらない思いをさせて」

新刊書店と古書店を合わせて五軒ハシゴした後、ふいに彼女が言った。

「そんなことないよ。楽しいよ」

「無理しないで」

「無理なんてしてないよ。神保町なんて来たことなかったから来られてよかったし、あんな真剣な顔の充希ちゃんなんて、なかなか見られないし」

彼女はふっと笑みを漏らした。貴重な彼女の笑顔を引き出せると、自分を褒めてやりたい気持ちになる。

「この後どうする？」

「帰って本を読む」

充希ちゃんは紙袋を軽く持ち上げた。彼女は行く先々でハードカバーや文庫本を買い込んでいた。本当に本が好きなんだと感心した。

僕は全身から集めたありったけの勇気を振り絞った。

「その本、僕んちで読んだら？」

意味がわからないという感じに、彼女が小首をかしげる。

「でも、もう遅いから――」

断り文句に声をかぶせた。

「僕んちで読めばいいじゃない。本はどこでも読めるでしょう。邪魔しないから、うちに来なよ」

彼女の瞳に浮かんだ戸惑いの色には気づかないふりをして、僕は彼女の手から、紙袋を強引に奪い取った。

7

鳥飼さんの言ったことは正しかった。

暗い部屋で天井を見つめながら、僕は思った。なんだこの多幸感は。こんなに満たされる感覚が存在するなんて知らなかった。愛情の確認行為。身体を重ねることで相手のことがよりいとおしくなる。まさしくその通りだ。僕の中にはまだ未経験の感情が眠っていたらしい。

僕の隣では目を閉じた充希ちゃんの横顔が、規則的な寝息を立てている。

読書の邪魔をしない。充希ちゃんを自宅に誘うときの約束を、結果的に僕は破ってしまった。

シングルベッドの側面に背をもたせかけて本を読む彼女がいとおしくてたまらなくなり、抱き寄せた。彼女は一瞬だけ身を固くしたものの、それ以上は抵抗しなかった。彼女はとても良い匂いがしたし、柔らかくて、温かかった。全身の細胞が活性化するような感覚があって、自制が利かなくなった。

彼女に口づけしてみた。皮膚と皮膚が触れ合っただけなのに、電流が走るような衝撃があった。とても心地よかったし、とても興奮した。

もう一度いいかな。了解を取ってふたたび口づけすると、今度は彼女の舌が僕の唇の隙間に滑《すべ》り込んできて驚いた。僕にとっては生まれて初めてのキスだったが、どうやら彼女は初めてではないらしい。経験不足だと思われないように、懸命に彼女の舌に自分の舌を絡《から》めた。

お互いに裸になって初めて、自分には経験がないことを告白した。彼女はかすかに口角を持ち上げて「うん」と頷いただけだった。少し落胆した自分に、彼女からも「私も初めて」という告白を期待していたのだと気づく。どうして彼女にも初めてを望んだのだろう。誰かと比べられるのが怖かったのかもしれない。上手くできるか自信がなかったのだ。終わった後に「どうだった?」と確認したのは、明らかに失敗だった。彼女は「どうって?」と困ったように眉を下げていた。

夢を見ているのか、彼女が「ん」と声を漏らし、わずかに眉をひそめる。そして寝返りをうち、顔をこちらに向けた。僕は腕枕をしようと、彼女の側頭部に腕を潜らせた。軽く頭を持ち上げた彼女が、僕の胸に顔を埋《うず》めてくる。いとしさが溢れてきて、両手で彼女を抱き締めた。もうぜったいにこの人を手放したくない。

高揚してとても眠れないと思っていたけれど、いつの間にか眠っていた。

ふと目が覚めると、彼女を腕枕していた左腕の感覚がない。これも初めての経験なので、もしかしてずっとこのままだったらどうしようと不安になったが、ほどなく血の通う感覚が戻ってきて安心した。そこでようやく、充希ちゃんの重みがないことに気づく。

「充希ちゃん？」

首を持ち上げて六畳間の生活空間を見回すと、すでに服を着て身支度を調《ととの》えた充希ちゃんの姿があった。

「起こしちゃった？　ごめんなさい」

充希ちゃんはコームでなでつけた髪を後ろでまとめながら言った。

「いや、かまわないけど……もう帰るの」

まだ窓の外は薄暗い。何時だろう。手探りでスマホを探すけど、見つからない。

「うん。一限から授業あるし、教科書とか取りに一回うちに帰らないと」

「そうなんだ。ごめんね」

泊まるつもりじゃなかったのに引き止めてしまったのだ。申し訳ない。

「ううん。平気」彼女が玄関で靴を履く。

「お邪魔しました」

こちらに軽く会釈をして出て行こうとしたので、僕は訊いた。

「次はいつ来る?」

彼女がやや困惑したような笑顔を浮かべる。「次?」

「そう、次」

答えに窮した様子の彼女を見て、僕は急に不安に襲われた。もしかしてあの最強の多幸感に包まれていたのは、僕だけだったのだろうか。「どうだった?」と訊ねたとき、彼女は困っていたけれど、心の中では「ぜんぜん気持ちよくなかった」とか思ってたんじゃないか。僕の「好き」だけが増したのならば、僕らの「好き」の不均衡はより大きくなる。

僕は彼女の返事を聞くのが怖くなった。

「まだわかんないよね。後でいいや」

「ごめんなさい」

彼女は逃げるように扉を閉めて出て行った。

翌日、僕は鳥飼さんに財布の中からコンドームを取り出して見せた。鳥飼さんは信じられないという表情で僕とコンドームを交互に見て、「ついにやりやがったな!」と僕の肩を叩いた。そしてその日のバイトの後、牛丼をおごってくれた。

ところがその後一週間ほど、彼女は僕のバイト先に姿を現さなかった。スーパーには出勤しているはずだが、バイトの後会いに行ってもいいかとメッセージを送っても返信がない。既読になっているので、メッセージを読んではいるはずだが。

体調でも崩しているのだろうか。だったらまだいいが、もしかして、僕と関係を持ったことを後悔しているんじゃないだろうか。

僕はいてもたってもいられなくなり、おそらく彼女が勤務中であろう時間帯に『マルフサ』に出かけた。店の近くまでは頻繁に来ていたが、店内に入るのは久しぶりのことだった。

彼女は出入り口から一番遠くの、奥のレジに立っていた。なんだ、体調を崩していたわけじゃなかったんだ。安堵よりも怒りを強く感じた。けれど喧嘩《けんか》をするつもりはない。声をかけて驚かせてやろう。そう思って歩み寄ろうとしたとき、若い男の店員が彼女に近づいていくのが見えた。段ボールを積んだ台車を押している。男の店員は笑顔で彼女に話しかけ、彼女も笑顔で応じていた。きゅっ、と胸の奥が締め付けられた。あんな笑顔、僕に見せてくれたことがあっただろうか。僕はいろんな笑い話や冗談で彼女を笑顔にしようと努力してきたけれど、彼女が笑っているところをあまり見たことがない。それなのにあいつは、一瞬で彼女を笑顔にしてみせた。

気持ちにさっと影が差した。かつて彼女は「好きな人がいる」と言って、僕の告白を断ったことがある。もしかして彼女の好きな人とは、さっき彼女を笑顔にしたあいつじゃないだろうか。彼女の好きな男には、恋人がいた。もしかしてその男は、恋人と別れたんじゃないか？　だから彼女にも望みが出てきて、相手の男のほうもまんざらでなくて、良い感じになっているから、僕からのメッセージを無視しているんじゃないか？　いったん悪いほうに考え出すと負のスパイラルが止まらない。

店を出た僕は、彼女のバイトが終わる時間を待ってふたたび店を訪ねた。

もうマンションの陰でこそこそ待ったりしない。そもそもそんなことをする必要はないのだ。僕は充希ちゃんの彼氏なのだから、堂々としていてかまわない。

しばらく待ってみたが、いつもの時間を過ぎても彼女は店から出てこない。なにをやっているのか。スマホにメッセージを送ってみようかとも思ったが、どういう内容の文面が適切なのか思い浮かばなかった。

結局閉店時間になった。閉店作業で店を出入りする従業員の中に、充希ちゃんの姿はない。僕がいない間に帰ってしまったのだろうか。

でも、そうではなかった。店のシャッターが下りて五分ほど過ぎたころから、私服に着替えた従業員らしき人たちがわらわらと店の外にたまり始めた。その中には充希ちゃんの姿もあった。そして彼女を笑顔にしていた台車の男もいる。私服姿の台車の男は制服のときよりもイケメンに見えた。男のくせにストールなんかを巻いて、ナルシシストっぽい。

あんな男のどこが良いんだ。

僕は従業員の集団を遠巻きにしながら、自分の姿が充希ちゃんの視界に入るようにアピールした。あっ、という顔になった充希ちゃんが、こちらに向かって歩いてくる。

「どうしたの」

やや責めるような調子だった。

「返信くれないから心配で」

「それはごめんなさい」

「いや。おれのほうこそいきなり来ちゃって悪かったよ。今日、いつもより遅いね」

遅いから僕の部屋に泊まればいい。そう会話を展開させるつもりだったが、

「バイト自体は十時で上がったんだけど、みんなでカラオケに行くっていう話になってたから、事務所で待ってたの」

「カラオケ？　これから？」

もう十一時をまわっているのに。

「電車なくなっちゃうよね」

「うん。そうなんだけど、みんな朝までコースみたいだから」

「えっ。でも……」

ん？　という感じに、彼女が首をかしげた。

「男もいるよね」

しかもあの、充希ちゃんを笑顔にした台車の男も。

「うん。だってバイトのみんなで行くんだもん」

そこまで言って、僕の言いたいことに気づいたらしい。さっと表情を曇らせる。

「でも、これまでも何度も行ってるんだよ。彼氏ができたからって、急に参加しなくなるのも変だし」

「そうかな」

僕も納得しなかったけど、彼女はもっと納得できていないようだった。理不尽な言いがかりをつけられたとでも感じているのか、眉間に皺を寄せて不満そうだ。

僕は、はっと我に返った。前はこんなことで腹を立てたりしなかった。彼女のことを好きになるにつれて、彼女を縛り付けようとしている。

醜《みにく》い嫉妬《しっと》の感情を懸命に飲み下した。

「じゃあ今日は残念だけど、こんどうちにも泊まりに来てよ」

「え、う、うん」

充希ちゃんの表情が強張ったのには気づいたけど、かまわずに会話を続ける。

「いつが空いてる？　僕は夜ならわりといつでも」

そのとき、従業員の集団から声が飛んできた。

「充希ちゃーん。なにしてるの？　そろそろ行くよー」

はぁい、と応じた充希ちゃんが、僕から離れながら言う。

「また連絡する」

立ち去ろうとする彼女の手首を、僕はとっさにつかんでいた。

「いつ来られる？　いま教えてよ」

彼女の目に怯えが浮かんだのに気づき、僕はまたも自分を見失っていることに気づいた。

遠ざかる彼女の後ろ姿は、僕から解放されて安心しているように見えた。

8

「実希子と別れた」

かき揚げ丼を半分ほど食べたところで、立花が唐突に告げた。

僕はすでに丼を空にしていて、スマホをいじりながら立花が食べ終わるのを待っていた。

「マジで？」

「マジ」

「なんでまた」

二人で海に行ったとか、映画に行ったとか、ディズニーランドに行ったとか、頻繁にそういう話を聞いていた気がする。実希子ちゃんには一度しか会っていないけれど、立花とはお似合いに見えたし、交際は順調だとばかり思っていた。

「なんで……」言葉を選ぶような沈黙があった。

「どっちがフッたの。おまえ？　彼女？」

「おれから言った。別れよう……って」

「どうしてだよ」

つい別れを告げられたほうに肩入れしてしまうのは、自分もいつ同じ立場になるかもしれないと、怯えながら過ごしているせいかもしれない。

この三か月の間に、充希ちゃんとは何度もセックスをした。そのたびに僕は彼女のことがどんどん好きになった。けれども、彼女はそうでもなさそうに思える。いつも会いたがるのは僕のほうだし、身体を求めるのも僕のほうだ。仰向《あおむ》けでぼんやりと虚空を見つめる裸の彼女を相手に腰を振っていると、なんだか人形を相手にしているようでふと醒《さ》める瞬間があった。

この幸せをいつか失うのではないかと、不安で不安で仕方がなかった。彼女がシャワーを浴びているうちに彼女のスマホのパスワードを解除しようとして、自己嫌悪に陥《おちい》ったこともある。彼女が魅力的な存在だと感じるほど、自分が彼女には不相応な男だと思えてくる。どんどん自信がなくなり、卑屈で情けない存在になっていく気がした。

だが立花のほうは、僕とは正反対の悩みを抱えているようだった。

「なんか束縛がきつくってさ。なにをするにもどこに行くにもいちいち報告しないといけないし、そういうのってしんどいとか面倒くさいっていうより、だんだん、本当におれのことを好きなのかなって疑わしくなってくるじゃないか」

「そうだな」立花に賛同したものの、どうしても実希子ちゃんのほうに感情移入してしまう。

「でも、それだけ愛されてるってことじゃないのか」

僕も充希ちゃんを好きになればなるほど不安が大きくなる。いずれお試し期間が終了するんじゃないか、彼女の好きな男が、彼女の気持ちに応えてくれるのではないかと、気が気でなくなる。人を好きになるって、そういうことじゃないのか。好きな人を想うあまり、頭がおかしくなるってことじゃないのか。

立花がさも鬱陶《うっとう》しそうに顔を歪《ゆが》める。

「勘弁して欲しいよ。本当に愛しているのなら、ちゃんと信用して欲しい。愛しているから自分の要求に応えて欲しいっていうのは本当の愛情じゃない。それはただの所有欲だ。相手を一個の人格と認めずに、自分の持ち物だと思っているから、思い通りにしようとするんだ」

耳が痛い。僕は平静を保つのに必死だった。

「実希子も、前はあんなじゃなかったんだけどな」立花が首をひねる。

「一度、浮気を疑われたことがあったんだ。それ以来だよ。実希子がおかしくなり始めたのは」

「浮気したのか」

「するわけないだろう。見損なうな」

おまえまで疑うのか、といわんばかりの不快げな表情だった。

「一時期、バイト先によく電話がかかってきていたんだ」

「電話って、どんな？」

「おれは直接受けたことがないからよくわからないんだけど、若い女の声で、おれが出勤しているかどうか確認するような内容だったらしい」

「心当たりはないのか」

「ない」強い調子で否定された。

「お客さんをナンパする同僚もいないわけじゃないけど、おれはそんなことしない。そもそもそういうのはだいたい、お客さんに酒の入った深夜の時間帯の話だからな。おれみたいにお昼とか夕方勤務だと、そういうのはないよ」

「でも、誰かに気に入られたってことだよな。うらやましいな」

ひやかすような口調で言うと、立花は本当にいやそうな顔をした。

「本気で言ってるのか？　いい迷惑だよ。その場で声をかけられるならともかく、名札を見て名前を覚えられたってことだろう？　気持ち悪いだけだ」

ぎくりとした。まるで自分の行動を批判されているような気分だ。たしかに気持ち悪いかもしれないけれど、せめて好きな人の名前ぐらい知りたいという心情もわかってあげてほしい。店に電話した正体不明の女を弁護したくなる。

「それで、実希子ちゃんが疑心暗鬼になったってわけか」

「そう。ただ実希子に言わせれば、疑いの末の行動じゃなかったらしい。おれがきっぱり否定したことで浮気の疑いは晴れたんだけど、同時に実希子はそれまでの自分を反省したんだって。それまでの実希子は連絡もマメじゃなかったし、無理に自分の都合を曲げておれと会う時間を作ろうともしなかった。けれどそれじゃいけないと反省したって言うんだ。だからおれの気持ちが離れないように努力し始めた。でも、それがおれには息苦しくなった」

「なんか実希子ちゃん、かわいそうだな」

そしてとにかく胸が痛い。他人事とは思えない。

「かわいそうかもしれないけど、かわいそうと思って付き合いを続けるのはもっとかわいそうじゃないか。それまでとても自然な心地よい関係だったのに、一つのきっかけで歯車が狂った。それまで無意識でできていたことが、意識した途端に急に難しくなることってあるだろう。実希子は変に意識し始めたせいで、おれとの快適な距離感をつかめなくなった。そうなると、おれはもう彼女と一緒にいられない」

もういたたまれない。とても聞いていられない。

だけど立花はあくまでも無意識に、僕にとどめを刺しにかかる。

「だいたい、誰かに好かれようと頑張ること自体がいびつなんだ。頑張ったところで、そしてそれをアピールされたところで、駄目なものは駄目なんだ。そもそも、他人の気持ちを変えることを目的に努力すること自体が傲慢だ。他人の気持ちを操縦しようとしているってことだからね」

そのとき、立花のスマホが振動した。

「あ。彼女からだ」液晶画面を確認し、にんまりとする。

「彼女？　実希子ちゃんからか」

「なんでだよ。別れたって言っただろう。新しい彼女」

「えっ。もう新しい彼女かよ」

いままで挙げていた、もっともらしい別れの理由は真実なのだろうか。にわかに疑わしく思えてきたが、立花は僕のことなどおかまいなしに、彼女からのメッセージに返信していた。

数日後、充希ちゃんが僕の部屋に来た。もちろん、彼女が進んで遊びに来たがったわけではない。僕がねだったのだ。

テレビを観ながらたわいのない会話をした後、会話が途切れたタイミングで僕らはセックスした。鳥飼さんの言ったことは本当だった。身体を重ねるたびに、どんどん彼女のことを好きになる。もうこれ以上はないと思っても、実はもっと好きという感情があったことを知らされる。けれど好きが膨らめば膨らむほど、僕は不安になる。終わった後、暗闇を見つめる彼女の虚《うつ》ろな瞳に、なにが映っているのか気になって仕方がない。

「ねえ。充希ちゃん」

僕は彼女の視線の先を辿《たど》るように、天井の暗がりを見つめた。彼女が軽く顔をひねってこちらを向いたのが、枕の動きでわかる。

「愛してるよ」

やや戸惑ったような沈黙を挟み、返事があった。「ありがとう」

僕は笑ってしまう。「愛してるよ」の答えが「ありがとう」。ここまで彼女に愛されようと必死で頑張ってきたけど、それは見当違いの努力だったみたいだ。勝手に彼女を好きになっていろいろと妄想を膨らませて勝手に盛り上がっていたときと同じで、僕はずっと独り相撲を続けていただけだった。

「お試し期間、終わりにしよう」

言葉にした瞬間、僕自身がとてもほっとした。もっと頑張れ。彼女に相応しい男になれと、自分に自分で呪いをかけていた。その呪いが解けたのだ。

彼女が上体を起こし、真意を問うように僕の顔を覗き込む。

「冗談ではないよ。本気。別れよう」

さすがに上手く笑えない。不自然に頬が痙攣《けいれん》する。

「どうして？」

「充希ちゃんを好きになるたびに、どんどん自分が欲張りになって、どんどん自分を嫌いになる」

いつの間に僕は、こんなにも欲張りになってしまったのだろう。彼女の名前すら知らないときには、お客さんと店員の立場で一言二言の会話ができただけで、天にも昇るような気持ちだった。彼女の好きな作家を知り、彼女のバイト先を知り、彼女の名前を知り、少しずつ彼女を知っていくことに無上の喜びを感じていたし、知らない部分ですら、想像で補って楽しむことができた。もうこれでじゅうぶん、これ以上の幸せはいらないと、その都度思ってきた。

それなのにいまの僕は、彼女のすべてを欲しがるようになってしまった。身体だけでなく心も独り占めできないと満足できなくなった。それでも手に入らないのが心のどこかでわかっているから、自分が壊れてしまいそうだ。

「しんどくって、もう耐えられそうにない」

なにがしんどいのか、彼女は聞こうともしない。聞かなくともわかっているのか、それとも僕に興味がないだけか。

幸せを失うことが怖い。そう思ってずっと怯えていたけれど、そうやって怯え始めた時点で、幸せではなくなっていたのかもしれない。

「充希ちゃん。気づいてた？　出会ってからこれまで、充希ちゃんは僕の名前を一度も呼んでくれたことがないの」

そんなの普通ありえない。

「ごめん」

「謝らないでいいよ。僕にとってもお試し期間だったんだ。もう無理だと思ったから、返品する。充希ちゃんなんて、こっちから願い下げだ」

笑って欲しかったけど、彼女はどう反応していいのかわからずにただ困惑している様子だった。やっぱり僕じゃ彼女を笑顔にするのは難しいみたいだ。

「最後に一つだけ聞かせてくれないかな」

「なに？」

「充希ちゃんの好きな男のこと。どんなやつなの」

「どんな……」言葉を探す彼女の視線が、刹那《せつな》、やわらかくなる。ああ、もうぜったいに勝てない相手なんだと、その一瞬で僕は悟った。そいつのことを考えるだけで、彼女にこんな幸せそうな表情をさせる相手なのだ。どだい勝負にならなかった。

「その人に伝えられるといいね、充希ちゃんの気持ち」

最後はかっこつけて終わろうと思っていたのに、その言葉を吐いたとたん、視界が滲《にじ》んだ。慌てて目もとを拭《ぬぐ》おうとしたが、手では隠しきれないほどの涙が溢れ出して止まらなくなった。

めっちゃ好きだったけど、ぜったいに手放したくなかったけど。僕じゃ駄目なんだ。僕の好きだけが肥大化しても、彼女を苦しめるだけだし、自分も息苦しくなるだけなんだ。愛されようとどんなに努力しても、僕が僕である以上、彼女は僕を愛してくれない。

悲しくて悔しくて、どうにもならなかった。

公園のお姫さま

1

「あなただけにこっそり教えるけど、実は私、遠い国のお姫さまなの」

お姉ちゃんは私に耳打ちした。お姉ちゃんといっても本当のお姉ちゃんではない。公園の隅っこのベンチに座っていた、知らないお姉ちゃんだ。知らないと言ったけど、本当はぜんぜん知らないわけでもない。毎日のようにこの公園のこのベンチに座っているのを、私は見ていた。なにをしているのかずっと気になっていたけれど、私はいつも友達と一緒だったので、話しかけたりはしなかった。だけど今日は仲良しの裕美子《ゆみこ》ちゃんがピアノの習い事で、勝美《かつみ》ちゃんは風邪っ引きで学校を休んでいて、美恵《よしえ》ちゃんは遠くから従姉妹《いとこ》が遊びに来ているせいで放課後さっさと帰ってしまった。私も一度家に帰ったんだけど宿題もすぐに終わらせちゃって、テレビは観たいのないし、お兄ちゃんはサッカークラブなので遊んでくれなくて、退屈で遊びに出てきてしまったのだ。

誰か知っている子がいるのを期待していたけど、いたのはもっと小さい幼稚園生とか赤ちゃんとそのお母さんたちで、私と遊んでくれそうな年の子はいなかった。仕方なく鉄棒で足かけ前回りを十二回ぐらいしたところで、隅っこのベンチに座っているお姉ちゃんに気づいた。

そういえばあのお姉ちゃん、いっつもいる。友達と遊ぶわけでもなく、むしろ友達なんかいらないという感じで、一人でパーカーのポケットに手を突っ込んで、ぶらんぶらんと前後に揺れる自分の足の爪先を見ている。その様子がちょっとかっこいいなと思って気になっていた。だから思い切って話しかけてみた。

「お姉ちゃんも中央《ちゅうおう》小学校なの？」って。

私よりも身体は大きいけれど、お姉ちゃんはランドセルを背負っていた。だから中学生とか高校生ではないはずだ。この公園にはほかの校区の子たちはめったに遊びに来ないから、私と同じ中央小学校だと思った。

けれどお姉ちゃんは手招きをして、秘密の宝の在処《ありか》を教えるような口ぶりで、自分のことを遠い国のお姫さまだと言ったのだった。

「嘘だ！」

私はちょっとむっとした。きっと小さいからって、からかわれているんだ。たしかに体育の授業で整列するときには一番前で、前へならえでも両手を前にのばすんじゃなくて腰にあてているけれど、新しい学校に来たら私より背の低い子がいるかもしれないという期待は裏切られてやっぱり一番前だったけど、私はもう二年生じゃない。三年生だ。サンタクロースがお父さんだという秘密も、去年のクリスマスイブに忍び足で部屋に入ってきたお父さんを薄目で確認して知った。一生懸命サンタクロースがいることにしようとしているお父さんのために、秘密を知ったことを黙っているくらいには大人だ。この前、法事で会った叔母ちゃんからも「和津《かづ》ちゃんはお兄ちゃんよりよっぽど大人びてるね」と言われた。だからからかわないで欲しい。

けれどお姉ちゃんは大真面目な顔で、唇の前で人差し指を立てる。しーっ、しーっ、静かにしてくれないと追っ手に見つかっちゃうから、とまわりを気にする様子は、とてもお芝居には見えない。

「追っ手？」

私もつい肩をすくめて、変な人たちがいないかまわりを見回してしまった。

お姉ちゃんはほとんどお辞儀をするぐらい、大きく頷く。

「そうなの。私の国は軍部によるクーデターで、政権が乗っ取られてしまったの。とても平和で美しい国だったのに、たくさんの人が殺されてしまった。私も最後まで抵抗するつもりだったけど、私まで死んでしまったら国を取り返した後に再建できる人間がいなくなると側近たちから説得されて、馬車に乗せられたの」

「馬車で逃げたの？」

「そう」

お姉ちゃんは真剣な顔で頷いたけど、私は知っている。

「日本は島だから、馬車では来られないんだよ」

やっぱり嘘だ。得意げに胸を張る私に、お姉ちゃんは顔を横に振る。

「もちろん馬車だけじゃない。馬車で国境を越えてからは、高い山とジャングルと砂漠を越えないといけないから、途中で馬車を捨てて歩いて旅をしたの。とても険《けわ》しい道のりで護衛の親衛隊も次々と脱落してしまい、日本行きの飛行機に乗り込むときには、私を含めて三人だけになっていた」

本当だろうか。でも、誰かに聞かれていないかときょろきょろ警戒しながら話す様子は、嘘をついているようには思えない。

「ほかの二人は？」

「わからない。軍部はなんとしても私を殺そうと日本にまで追っ手を放っていた。日本に入国してすぐに追っ手に追いかけられて、バラバラになってしまったの。どこかで生きていてくれるといいけど……いや、きっとどこかで生きていてくれると思う」

そうであって欲しいという感じに、お姉ちゃんが頷く。

「でもランドセル背負ってるよ」

そうだ。よその国のお姫さまがランドセルを背負っているのはおかしい。ランドセルを背負っているのは、小学生だからだ。

「これを背負っていれば、日本の小学生に見えるでしょう」

「そっか」

つい声に出して納得してしまった。

「いまは日本の小学生のふりをして、中央小学校に通ってる。でも本当は、こっそりクリスタルを集めているの」

「クリスタル?」

なんだかドキドキしてきた。私はいま、とても重大な秘密を聞かされているのだ。お姉ちゃん——いや、お姫さまが重々しく頷く。

「私はただ闇雲に逃げてこの国に来たわけじゃない。七つのクリスタルのうちの一つがこの国に眠っていると聞いたから、はるばる海を越えて日本に来たの。私はクリスタルを七つ揃えるために、世界じゅうを旅している」

そう言ってお姫さまがパーカーのポケットから取り出したものを見て、私は声を上げそうになった。とっさに自分の手で口を塞《ふさ》ぐ。

綺麗《きれい》な石だった。透明なのと深緑色のと赤いのとがある。

「これがクリスタル……？」

「そう。触ってみる？」

「いいの？」

「いいけど、ゆっくりね。乱暴に扱うと怒り出すかもしれない」

「石なのに怒るの？」

「もしかして石に感情がないと思ってる？　喜んだり、怒ったりしないとでも？」

　本当は石が喜んだり怒ったりするなんて思っていなかったけど、私は「思ってないよ」と顔を横に振った。だってこれまで平気で道ばたの石を蹴飛ばしていたなんて、クリスタルに知られたら大変なことになりそうだ。

「ならいいけど。やさしく触ってね」

「どれなら触ってもいいの」

　私は三つの石の間で指先をさまよわせた。

「そうね。初めてなら緑色がいいと思う。やさしい性格だから」

　石にもやさしいとかあるんだ。私はおそるおそる、深緑色の石をつまみ上げた。太陽に透かしてみると、地面に綺麗な緑色のシルエットが映し出される。

「綺麗」

「綺麗でしょう」

お姫さまはにこにこしている。

「クリスタルを七つ集めると、どうなるの」

「正確には軍部の連中にクリスタルを渡さないために、私が集めているの。七つのクリスタルは、地球上の七つの大陸を表している。つまりクリスタルを七つ集めることで、世界を手に入れることができる。軍部の連中は私の国を奪うだけでは飽き足らず、世界を滅亡させようとしているの」

「世界を……？」

唾《つば》を飲み込もうとして、ごくりと喉《のど》が鳴った。私の手の中にある小さくて綺麗な石に、そんな力が。

「あなたに一つ、お願いがある」

「なに？」

思わず背筋がしゃんとのびた。

「そのクリスタルを、預かっていて欲しい」

「私が？」

目を開きすぎて目玉がこぼれ落ちそうになる。

お姫さまは開いていた私の手を包み込むようにしながら閉じさせて、深緑色のクリスタルを握らせた。

「普通はクリスタルを握ったら、全身が溶けてしまうか、燃えてしまうものなの。それなのにあなたは、平気でクリスタルを握っている。実はこれはテストだったの。あなたが選ばれし者かどうかをたしかめるための」

「テスト？」

私はクリスタルの冷たい感触をたしかめた。たしかになんともない。

「ええ。どうやらあなたは、クリスタルの守護者として選ばれたみたいね。それを持っていて。誰にも見つかっちゃ駄目だからね」

「でも……」

急に不安になってきた。誰にも見つからないなんて無理だ。お兄ちゃんと一緒の部屋だし、お母さんは勝手に部屋に入って掃除するし。

「あなたは選ばれたの。このままでは世界が滅亡する。それを防げるのは私と、選ばれし者たちだけ」

そうか。私は選ばれし者なんだ。もう三年生だし、お兄ちゃんが、とか、お母さんが、なんて言ってられない。

「わかった」

私が必ず世界を守る。お兄ちゃんとお母さんとお父さんと、船橋《ふなばし》のお祖父ちゃんとお祖母ちゃんと、岩手のほうはお祖母ちゃんだけだけど、あと従姉妹のきーちゃんと……とにかくみーんなみーんな、守る。

2

家に帰るとキッチンからお母さんの声が飛んできてぎくりとした。

「和津？ 帰ったの？」

ぐつぐつとなにかを煮込む音とデミグラスソースの良い匂いがする。今日の夕飯はビーフシチューかな。

それどころじゃない。私の手の中にある物を、悪いやつらが狙っているんだ。

「うん」

できるだけいつも通りの感じで返事をした。それなのにお母さんがキッチンから出てきてしまい、思わず手を後ろに隠す。

「帰ってきたならただいまぐらい言いなさい」

「ただいま」

「誰かいたの？」

「誰か？」

なにかバレているのだろうかと思って、ぎょっとした。けれど違ったみたいだ。

「誰か知ってる子いたの？　公園に」

「いない。誰もいない」

私はぶんぶんと顔を横に振った。

「いなかったの。帰りが遅いから誰か遊び相手を見つけたんだと思ってたのに」

「いない。ぜんぜん誰もいなくてつまらなかった」

「じゃあどこでなにしてたの」

お母さんが目を細める。隠し事を見抜こうとするときの目だ。この顔をされるといつもはすぐに白状して謝るのだけど、今回ばかりはそうはいかない。私はもう三年生だ。

「駅前の本屋さんにいた」

「本屋さん？」

お母さんの目がさらに細くなり、胃がきゅっと締め付けられる。

けれどお母さんは、私が本屋さんにいたかどうかを疑ったのではないらしい。

「本屋さんなんて駅前にあったかしら？」

唇に人差し指をあてて考えている。

「あったよ。コンビニの二軒隣」

「二軒隣って右隣？　左隣？」

「右！」

「私から見て右？　それとも、お店側から見て右？」

「お母さんから見て！」

言いながらお母さんの脇をすり抜け、階段を駆けのぼった。

「階段をバタバタのぼらないの！」

「はぁい！」

子供部屋に入り、後ろ手に扉を閉める。

二台並んだ勉強机のうち、右側の片付いていてかわいいほうが私のだ。机の右側にフックがついていて、いつもそこに赤いランドセルをかけている。

私はランドセルを開き、いつもはポケットティッシュを入れているファスナー付きのポケットにクリスタルをしまった。ここなら大丈夫。お母さんが掃除するときに部屋に入っても、こんなところまで覗いたりしない。

ほっとしたらお腹がぐうと鳴った。そういえばお腹が空いてきた。

私のお腹の音を聞いたかのように、玄関の扉が開く音がする。

「ただいま！」

お兄ちゃんが帰ってきた。よかった。あと一足遅かったら、クリスタルを隠すところを見られていた。

「おかえり。先に手を洗ってらっしゃ……あ、こら！　なにしてるの！」

「だって腹減ったんだもん」

いつものようにキッチンでなにかをつまみ食いしたらしい。世界滅亡が迫っているというのに、呑気なお兄ちゃんだ。

もっとも、お兄ちゃんはなにも知らない。お兄ちゃんだけじゃなく、私とお姫さま以外は誰も知らない。

この平和な生活を守れるかどうかは、私にかかっている。

私はランドセルを見つめ、決意を新たにする。

洗面所で手を洗い終えたお兄ちゃんが階段を駆けのぼってきた。

「バタバタのぼらないの！」

「はぁい！」

扉を開けて子供部屋に入るや、靴下を脱いで投げつけてくる。

「汚い！　やめてよ！」

このいたずらがお兄ちゃんの最近のお気に入りらしい。サッカークラブ帰りの汚れ物の臭いを、私に嗅《か》がせようとする。

「汚くないだろう。この臭いを嗅げば、おれみたいに少しは運動が得意になるかもしれない」

「別になりたくないし」

「負け惜しみ言うな」

「負け惜しみじゃないもん」

お兄ちゃんの汚れた靴下を指先でつまみ、投げ返すと、すぐさまもう片方の靴下が飛んできて靴下の投げ合いになった。

「こら！　暴れないの！」

階段の下からお母さんの尖った声が飛んでくる。

私たち家族がこの家に越してきて、もうすぐ一か月になる。前の学校でできた仲良しの友達と別れるのは悲しかったし、転校したくないって泣きじゃくってお父さんとお母さんを困らせたけど、新しい学校でも何人かの友達ができて、楽しくなってきた。

明るくて活発で運動神経抜群のお兄ちゃんは、早くもクラスの人気者になりつつあるようだ。休み時間の校庭でドッジボールをしながら、ひときわ大きな声でみんなに指示を出しているところをよく見かける。

「今度の試合、スタメンで出られそうなんだ」

夕飯のテーブルでお茶碗《ちゃわん》に山盛りのご飯をかき込みながら、お兄ちゃんが自慢げに報告した。

「それはすごいな」

「みんなで応援に行かないとね」

お父さんとお母さんが口々に言う。

お兄ちゃんはすごい。勉強でも運動でも、いくら頑張ってもお兄ちゃんには勝てない。比べられて悔しくなったり、ときには泣きそうになったりすることもあるけど、お兄ちゃんのことは大好きだし、お兄ちゃんがすごいと褒められるのは私も嬉しい。

だけど、みんな知らないかもしれないけど、実は私だってすごい。選ばれし者なんだ。お兄ちゃんがサッカーで活躍できて、それをお父さんとお母さんがすごいって褒められるのも、私が世界を守っているおかげなんだ。

ぜったいに秘密だけど。

私は暗くなった部屋で、二段ベッドの上から自分の机を見おろす。フックにかかったランドセルの蓋《ふた》を開いたところにあるファスナー付きのポケット。そこにしまわれたクリスタルのことを考える。

「和津……」

下の段からお兄ちゃんの声が飛んできて、心臓が止まりそうになった。

「なに？」

返事はない。すやすやとした寝息が聞こえてくるだけだ。寝言だったらしい。

私はほっと胸を撫《な》で下ろし、かけ布団を自分の鼻のところまで引き上げた。

3

隅っこのベンチにお姫さまが座っているのが見えて、私は小走りに近づいていった。

「こんにちは。お姫さま」

「こんにちは。ご機嫌うるわしゅう」

お姫さまは王族らしい優雅な挨拶をした。けれどにっこりと笑った唇の端に、海苔《のり》のようなものがついている。よく見たらそれはかさぶただった。

「どうしたの、これ」

私が自分の唇の端に触れると、お姫さまは「ああ。これ」となんでもないことのように自分の傷跡に触れた。

「軍部の追っ手の話はしたでしょう？　この前、襲われたの」

「本当に？」

私は目を丸くした。同時に、自分のジーンズのポケットに、上から手をあててみる。大丈夫。クリスタルはある。

お姫さまは真剣な顔で言った。

「私が小学生のふりをしていることがバレたみたい。廊下《ろうか》を歩いていたら、三人がかりで襲われたの」

「学校で？」

思わず息を呑む。そんなところまで魔の手が迫っているとしたら、安全な場所はどこにあるのだろう。

「大丈夫だったの」

「大丈夫。さすがに三人を相手にするのは大変だったから、ちょっと怪我《けが》しちゃったけど。ほら」

お姫さまがパーカーのポケットから透明なクリスタルと赤いクリスタルを取り出した。

「よかった」

私は大きくほっぺを膨らませて息を吐いた。

「あなたのクリスタルは」

「大丈夫。誰にも言ってないし、見つかってない」

私は深緑色のクリスタルを取り出してみせた。最初はランドセルのポケットに隠していたけれど、部屋にランドセルを置いて出ると、戻ったときに盗まれていないか不安で仕方がなくなる。けれどお兄ちゃんがいるときにはランドセルを開けて確認することができないので、ズボンのポケットに入れておくことが多くなった。スカートのほうが好きだったのに急にどうしたのとお母さんが不思議がっているけど、本当のことは言えない。

お姫さまは私の手の中にあるクリスタルを覗き込み、じっと見つめた。

「どうしたの？」

なにか変なところがあるのかな。

「知らない間に偽物とすり替えられてないか、確認しているの」

「すり替えられるの？」

「やつらはクリスタルを手に入れるためなら手段を選ばない……でも、大丈夫みたい。これは本物」

「本物だよ。ずっとポケットに入れてたもん」

「そう。なら安心だ」

お姫さまは嬉しそうに笑った。

「傷、痛くない？」

「平気。慣れているし、これまでにはもっと大きな怪我をしたこともあるから、これぐらいならなんてことない」

「私も襲われるのかな」

傷ついたお姫さまを前に自分の心配をするのは悪いと思ったけれど、私はたぶん、お姫さまみたいに強くない。三人がかりで襲われたら、たぶんすぐに泣いちゃう。

「怖がらないでいい。やつらは私の顔しか知らないから。かりにやつらから脅されても、ぜったいにあなたのことは教えない。でも――」

「でも？」

「本当はあなたも強いと思う」

「強くないよ。お兄ちゃんと喧嘩してもいつも負けるし、泣き虫って馬鹿にされるし」

「それはあなたが本当の力に気づいていないだけ。あなたはやさしいから、お兄ちゃんには勝っちゃいけないと心の底で思っていて、だから本気を出さないの。でも悪いやつが相手だったら、たぶん本気が出て強くなると思う。三人ぐらいなら簡単に倒せる」

「本当かな」

「本当よ。だってクリスタルに選ばれたんだもの」

私は手の中のクリスタルに、心で語りかけた。

本当に？　本当に私は強いの？

そのとき、お姫さまからふいに肩をつかまれた。

「隠れて。やつらが来た」

お姫さまが中腰になり、塗装がはげてゾウさんなのかクマさんなのかよくわからなくなった遊具の陰に隠れる。私も同じような格好で後を追った。

お姫さまは遊具の陰から公園の外の道を見つめている。

そこを歩いているのは、ランドセルを背負った男の子たちだった。三人いる。背の高さから考えると、たぶん四年生か五年生ぐらい。ときおり身体をぶつけ合ったりして、大声で騒ぎながら歩いている。

「やつらが追っ手」

お姫さまが唇の端の傷跡を触りながら言う。この傷はあいつらの仕業《しわざ》だと言いたげなしぐさだ。

「そうなの？　でもあのお兄ちゃんたち、ランドセル背負ってるよ」

「私もそう」

「そうか」

私ははっとなった。お姫さまが中央小学校の生徒のふりをしているように、追っ手も生徒のふりをしているんだ。

私たちは移動する追っ手たちの視界に入らないよう、自分たちも遊具の陰を移動する。やがて追っ手たちが去った。じゃれ合う大声だけが遠くから聞こえる。

「行った」

お姫さまが遊具を背にしてぺたりと座り込み、ほっと息をつく。私もその隣に並んで座り込んだ。追っ手たちに気づかれやしないかと、本当にドキドキした。クリスタルを触っても溶けたり燃えたりしなかったし、お姫さまから本当は強いと言われたのできっと強いのだろうと思うが、まだ戦うのは怖い。

けれど私の強さを試されるような事件が、数日後に起こった。

私のクラスに下田《しもだ》さんという女の子がいる。いつもボサボサの髪でじとっとした目つきをしていて、人をよせつけないような雰囲気がある子だったので、まだ仲良くなれていなかった。ところが下田さんは人をよせつけないのではなく、仲間はずれにされていたようだった。いじめられていたのだ。

休み時間に下田さんが廊下で男子数人に取り囲まれていた。最初はなにをしているのかわからなかったけど、男子は下田さんを蹴ったり小突いたりして笑っていた。まわりの子たちは見えているはずなのに、気づいていないふりをしている。ちょっと前までの私なら、同じように気づかないふりをしたかもしれない。でも、いまの私は選ばれし者なのだ。見過ごすわけにはいかない。

「やめなさい！」

私は男子たちに声をかけた。

いじめをしていた男子グループのうちの一人が、こちらを睨みつける。中山《なかやま》くんというクラスメイトだった。真っ黒に日焼けしていて運動が得意な、ガキ大将的な存在の男の子だ。

「なんだ、転校生」

「下田さんを叩いたり蹴ったりするのは、やめなさい」

「なんでだよ」と口を尖らせるのは、今岡《いまおか》くんだ。中山くんの子分みたいな感じで、いつも一緒に行動している。

「いやがってるでしょう」

「いやがってるかどうかは、おめーが決めることじゃないだろ」

中山くんが屁理屈をこねると、仲間の男の子たちがそうだそうだと賛同する。

「いやでしょう。下田さん」

私が訊いても、下田さんは伏し目がちで唇を少し歪めたままだ。ほっぺにはうっすらと涙の跡が残っているのに、いやだとは言わない。

「いやじゃないよな。ほら」

中山くんがそう言いながら、下田さんの二の腕を小突いた。殴られた下田さんが、反対側の肩を壁にぶつける。

「いやならいやって言っていいんだぞ。ほら。ほら。ほら」

顔は私のほうを向いたまま、下田さんを何度も小突く。

「やめなさい！」

「だからこいつがいやだって言ったらやめるよ。ほら。下田、いやならそう言えよ。ほら」

中山くんが下田さんの頰を右、左と平手で打つ。

「やめろっ！」

私は突進し、中山くんを突き飛ばした。

中山くんはおっとっとと、たたらを踏んだけど、倒れない。

「なにすんだよっ！」と押し返してきた。

私は突き飛ばされて転んだ。こんな乱暴なこと、お兄ちゃんとの喧嘩でもされたことがない。お兄ちゃんは手加減してくれてたんだと、そのとき気づいた。

あまりの痛さに喉の奥がつんとしたけど、私に泣くのを我慢させたのはポケットの中のクリスタルだった。泣くもんか。下田さんは私なんかよりよほど酷《ひど》いことをされてきたんだし、私は選ばれし者なんだから。

「うわあああああっ！」

私は叫びながら中山くんに飛びかかった。中山くんのTシャツの襟首《えりくび》をつかみ、押し込む。怯えたような中山くんの顔が見えた。だけどそれは一瞬だった。私の勢いに圧倒されてバタバタと何歩か後ずさった中山くんは、バランスを失って転んだ。私も躓《つまず》いて中山くんに覆いかぶさるように倒れ込む。

ごんっ――鈍《にぶ》い音がした。中山くんが廊下に後頭部を打ちつけたのだ。

両手で後頭部を押さえた中山くんの口からは「痛い痛い痛い痛い……」という弱々しい声、目からははらはらと涙がこぼれ始める。

「あ。ごめん」

私はどうしていいのかわからなくなる。自分がこんなに強いとは思わなかった。そして強かったらさぞや嬉しいだろうと思っていたけど、ぜんぜん嬉しくなかった。人を傷つけるのがこんなにいやな気分だなんて。こんなにいやな気分になることなのに、いじめっ子たちはどうしていじめをやめないのだろう。

中山くんの押し殺したような泣き声が、私の心をズタズタに切り裂いていく。

「ごめん。ごめん」

早く泣き止んでくれないかな、と願いながら、ひたすら謝るしかできない。

ところが、しばらくして中山くんの後頭部を押さえた指が赤く染まっているのに気づいた。

「うわっ！　血が出てる！」

中山くんの子分の今岡くんが、顔を真っ青にして叫ぶ。

「おれ先生呼んでくる！」

いじめグループの中の一人が、職員室に向かって走り出した。

後頭部を押さえたまま横になっている中山くんと、そのそばに立っている私のまわりには、いつの間にかたくさんの生徒が集まってざわざわしていた。

まわりに集まったみんなの顔を見ながら、私は思った。

あれ？　もしかして私、悪者になってる？

4

「どうも失礼しました」

深々と頭を下げるお母さんの姿を見て、今日一番胸が痛んだ。

「いえ。こちらこそご足労いただきましてありがとうございました」

担任の長谷川《はせがわ》先生が、いつもの少し困ったような笑顔を見せる。いま人気の二枚目俳優に似ていると女子の間で話題になっている若い男の先生だけど、正直私はあまり似ていると思わない。先生のことは嫌いではないけど。

長谷川先生は私の頭をぽんぽんと叩いた。

「いじめに気づかなかった先生も悪かったんだ。藤村、申し訳なかったな」

私は顔を左右に振った。安心してきたら、じわっと涙が溢れてくる。中山くんが血を流して倒れているところに長谷川先生が駆けつけたときには、ぜんぶ私が悪いことにされるのかと思って目の前が真っ暗になった。けれど長谷川先生はそんなことしなかった。その場にいた生徒たちに事情を聞いて、下田さんへのいじめを私が止めようとした結果なのだとわかってくれたみたいだ。

お母さんを職員室に呼んで話をするときも、私を責めたりせず、いじめに気づけなかった自分が招いた事態なので、娘さんを叱らないであげてくださいと話してくれた。

下足箱で靴を履き、校庭を横切る。中山くんは大丈夫だろうか。保健室で軽く処置した後で、念のために病院で診《み》てもらうと早退していった。

校門を出たところで、私は立ち止まった。

「お母さん。ごめんなさい」

顔を上げられずにアスファルトの地面を見ながら言った。灰色の地面に、ぽとり、ぽとりと水滴が落ちる。

お母さんの後ろ姿の足もとが振り返り、私のところに戻ってくる。

頭を胸もとに抱き寄せられた。お化粧の良い匂いがした。

「暴力を振るったことは、ぜったいにいけない。けれどお母さん、いじめられてた子を助けようとした和津のこと、誇りに思う」

ぶわっと涙が溢れ出し、私は声を上げて泣いた。

その日の夕飯のとき、お母さんがお父さんとお兄ちゃんに話した。帰宅後に長谷川先生から、中山くんの怪我はたいしたことなさそうだから明日から普通に登校するという報告を受けていたこともあって、お母さんは愉快な笑い話をするような話し方だった。お父さんもお兄ちゃんも、私がいじめっ子と対決したことにとても驚いていた。でもあんなことになって、一番驚いていたのはたぶん私だ。私は思ったより強い。けれどその強さの使い途《みち》は、きちんと考えないといけない。私はその日の夜、布団の中でクリスタルを見つめながら思った。

翌日、登校した私は中山くんの姿を探した。中山くんは頭に包帯を巻いた痛々しい姿で、仲間たちに囲まれていた。

私は中山くんに歩み寄った。

「中山くん。昨日はごめんなさい」

どうしてそうなったかはともかく、怪我をさせたことについては和津が悪いのだから、その点についてはしっかり謝るべきだというのが、昨日の夕飯のときに話し合った家族みんなの意見だった。「和津が先に謝れば、きっと中山くんも自分も悪かったと謝ってくれるさ」と、お兄ちゃんは言っていた。

だけどうちの家族が考えたようにはならなかった。中山くんは汚いものを見るような目で私を見てから、そっぽを向いてなにごともなかったように仲間たちと話し始めたのだった。

　私は中山くんの正面にぐるりとまわり込み、もう一度謝った。

「ごめんなさい」

　すると今度は、中山くんはぜんぜん反応しなかった。中山くんの仲間たちも、私のほうを見ようともしない。私が見えないし、私の声も聞こえないようだった。さすがにむっとして、もういいやと思った。だってちゃんと謝ったんだもん。それなのに無視するなら、向こうが悪い。

　だけど私のことが見えないし聞こえないのは、中山くんたちだけではなかった。クラスのみんながそうだった。仲良しだと思っていた裕美子ちゃんや勝美ちゃんや美恵ちゃんでさえ、私のことが見えなくなったみたいだった。泣きたくなったけど我慢した。だって私は選ばれし者なのだ。私が世界を救うのだ。でも、こんなに意地悪な子たちのことも助けてあげないといけないのだろうか。

　その日の放課後、公園にいたお姫さまに訊くと、お姫さまはこう答えた。

「その子たちはもとから悪いわけじゃなくて、私からクリスタルを奪おうとする追っ手たちによって操られているだけなの。だから助ける価値がないなんて考えちゃ駄目」

　なるほどそうか。そうだったのか。みんなは悪者に操られているだけで、私を無視したくて無視しているわけじゃないんだ。そう考えると、クラスで無視されることもつらくなくなった。

そしてお姫さまはこうも言った。

「その下田さんという女の子も、もしかしたら選ばれし者かもしれない」

「本当に？」

クラスで唯一、下田さんだけが私と普通に接してくれると、お姫さまに話していたのだ。

「だって彼女だけが悪者に惑わされていないのでしょう？　一度ここに連れてきてくれる？」

私は次の日の休み時間、本を読んでいた下田さんに話しかけた。

「下田さん。今日の放課後、時間ある？」

下田さんはいつものじとっとした目つきで私を見上げる。読書の邪魔をした私を責めるような目つきだ。やっぱりちょっと怖い。私はとても緊張した。クラスで下田さんだけが普通に接してくれるのだけれど、そもそも普通の状態があまりしゃべらない。

近くの席では裕美子ちゃんや勝美ちゃんが、それまでのおしゃべりをやめてこちらを睨んでいる。私が無視されるようになったことで、下田さんへのいじめはなくなっていた。

私と話なんかしているとまたいじめるぞと、下田さんにプレッシャーをかけているようだった。

けれど下田さんは、そんなプレッシャーを気にする様子はなかった。

「あるけど。なんで？」

「付き合って欲しいところがあるの」

「どこ？」

「いまは言えない」

下田さんは眉と眉の間に皺を作り、私をじっと見つめた。私がなにかいたずらでも企《たくら》んでいるんじゃないかと、疑ったのかもしれない。そんなつもりじゃないよ。私は味方だよ。私は下田さんが信じてくれるように、一生懸命伝えた。

「お願い。すごい秘密を教えるから」

それでもしばらく私を見つめていた下田さんだったけど、やがて頷いた。

放課後、私は下田さんを連れていつもの公園に行った。

お姫さまはやっぱり、隅っこのベンチに座っていた。

私は下田さんの手を引いて、お姫さまのところまで歩いて行った。

「連れてきたよ」

下田さんは少し怯えていて、それを隠そうとしているようだった。きょろきょろと私とお姫さまの顔を見比べている。

「教えてもいいの？」

「いいよ」

お姫さまがにっこりと笑ったので、私は下田さんに耳打ちした。

「この人はね、遠い国のお姫さまなんだ」

「えっ？」

さすがに驚いたらしい。そりゃそうだよね。びっくりするよね。最初は私だって信じられなかったもん。

でもお姫さまの話を聞くうちに、次第に信じることにしたみたいだ。だんだん顔つきが真剣になってくる。

そしてお姫さまはポケットからクリスタルを取り出した。透明なやつと、赤いやつだ。私も自分の深緑色のクリスタルを取り出して見せる。

「これが……？」

下田さんがおそるおそるといった手つきで、透明なクリスタルに手をのばす。私はハラハラしながら見守っていた。お姫さまが言うのだから間違いないだろうけど、もしも選ばれし者ではなかったら、下田さんの身体は溶けるか燃えるかしてしまう。

下田さんの人差し指と親指が、透明なクリスタルをつまむ。溶けも燃えもしない。

その瞬間、緊張の糸が途切れて大きな声が出た。

「よかったー」

「なにが」

下田さんはなにがなんだかわからないという顔だ。

お姫さまは私と下田さんが選ばれし者であることを説明し、透明なクリスタルを預かって欲しいと頼んだ。下田さんは驚いたようだったけど、頑張ってクリスタルを守り、世界を守ると誓った。

5

二週間が過ぎた。

私たち三人はそれぞれにクリスタルを守り、放課後に公園に持ち寄っては、その無事を確認し合った。そして互いの活動報告をし、その後はこの国にやってくるまでのお姫さまの冒険の話を聞いた。学校では相変わらずみんなに無視されていたけれど、下田さんとはとても仲良くなれたので気にならなかった。

その日も私たちは公園にクリスタルを持ち寄り、活動報告をし合った。活動報告とは学校や街中で見つけた悪の手先っぽい人たちのことを教え合うことだ。いじめをしている子、登下校途中に信号無視をして横断歩道を渡る子、生徒に心ない言葉をかける思いやりのない先生、電車でお年寄りに席を譲らないお姉さん、煙草のポイ捨てをするおじさん、行列に割り込みをするおばさん、犬の散歩でウンチの後始末をしないお姉さん、スーパーの無料のビニール袋を必要以上に持ち帰るおじいさんなど、世の中は悪の手先っぽい人で溢れている。でも悪の手先っぽい人を悪人だと決めつけてはならないのがルールだ。だってみんな、本当に悪いやつらに操られているだけなんだから。

活動報告の後はお待ちかねのお姫さまの話だ。お姫さまはとにかくいろんな経験をしている。お姫さまなのにモンスター退治に出かけたり、お姫さまなのにスパイとして独裁国家に潜り込んで情報収集したり、もちろん、お姫さまらしく華やかな舞踏会で踊ったり、かっこいい王子さまと出会ったりすることもある。私と下田さんは、お姫さまの話に夢中になった。話を聞いているだけで、自分もどこかに旅をしたり、いろんなことを体験したりした気分になれる。気づけばあたりは暗くなっていて、急いで帰ってお母さんに叱られることもしばしばだった。

「ええと、昨日はどこまで話したっけ」

お姫さまが頭をかいて思い出そうとする。

「山の上の王国の王子さまと出会って」

私が言ったことに、下田さんが「そうそうそう」と頷く。

「その王子さまがとってもハンサムで結婚を迫ってくるんだけど」

「でもよく見たらランプに照らされた影が人間のかたちじゃないの」

「そうそう。実は悪いドラゴンだった！」

私と下田さんは昨日までの展開を思い出しながら、すでに興奮している。

「ああ。そうだった。悪いドラゴンだった。そこまで話したね」

お姫さまははっきり思い出したようだ。

私と下田さんは笑顔で頷き合い、前のめりになって物語の続きをじっと待つ。いよいよ冒険の再開だ。

だがそのときだった。

「よお！　和津！」

はっと顔を上げると、公園の外にお兄ちゃんがいた。サッカークラブの帰りみたいだ。

半袖短パンのユニフォーム姿で、ボールネットに入れたサッカーボールをポンポン蹴りながら歩いている。同じサッカークラブの友達らしい、お揃いのユニフォームの男子と一緒だった。

私はとっさに右手をジーンズのポケットに突っ込んだ。クリスタルを見られるわけにはいかない。お姫さまと下田さんも、クリスタルをお兄ちゃんからは見えないようにしながら固まっている。

「なーにやってんだよ」

「なにもしてないよ！　あっち行ってよ！」

お兄ちゃんはなにも悪くないのに、ついキツい言い方になってしまった。おかげで余計に立ち去ってくれない。

「なんだよー。なに怒ってんだよー」

「怒ってないよ！」

「怒ってんじゃんかー」

「怒ってないってば！」

お兄ちゃんはぜんぜん納得いかないという顔をしていたけど、友達も一緒だったせいか、唇を曲げただけだった。

「今日はあんま遅くなるなよー。カレーだってさー」

「わかった！」

お兄ちゃんたちが遠ざかっていく。「妹？」「そう。妹」「似てるね」「そうかなー」というやりとりが遠くから聞こえた。

「よかったー。こっちに来るかと思った」

私は胸に手をあてながら、お姫さまに向き直った。

下田さんは笑顔だ。

「お兄ちゃん。かっこいいね」

「そうかな。靴下の臭い嗅がせようとするよ」

下田さんがけらけら笑う。下田さんのことを最初は怖い人だと思っていたけど、ぜんぜんそんなことなかった。あの独特のじとっとした目つきは、目が悪いせいみたいだ。おかげで黒板の文字が読めずに学校の成績が悪くなったし、目つきが悪くて睨んでいると誤解され、いじめられるようになったのだと言う。下田さんのお父さんとお母さんは、下田さんに眼鏡を買ってあげないのかな。どうして眼鏡を買ってもらえないのか、なにか事情がありそうなので訊いていない。

「さあ。邪魔者はいなくなったし、昨日のお話の続きを」

私が催促しても、お姫さまには聞こえていないようだった。ぼーっとどこかを見つめている。

「お姫さま?」

下田さんに目の前で手を振られて、ようやく気づいたみたいだ。はっとして私たちの顔を見る。

「どうしたの?」と訊いたら、お姫さまは「どうもしない」と答えた。

「話を始めようか。悪いドラゴンがね――」

どうもしないなんて嘘だ、と私は思った。けれどすぐに物語にのめり込んだので、そんなことは忘れてしまった。

思い出したのは、その日の夕飯のときだ。

「そういえば和津。なんで袴田《はかまだ》と一緒にいたの」

「ハカマダ?」

「公園で一緒にいたじゃないか。五年二組の袴田充希」

「二組? 稔《みのる》のお隣のクラスじゃないの」

お母さんが言った。お兄ちゃんは五年三組だ。

「和津。五年生にお友達がいるのか」

お父さんは私に学年を越えた友達がいるのが嬉しそうだ。

「どこで知り合ったんだ？　袴田って嘘ばっかりついてるからクラスで嫌われてるそうじゃないか。大丈夫なのか」

お兄ちゃんはおもしろがる口ぶりだった。あのときお兄ちゃんと一緒にいた男子が『袴田充希』という女子と同じクラスらしく、お兄ちゃんにそう教えてくれたのだという。

「嘘つきじゃないもん！」

そもそも公園のお姫さまと五年二組の袴田充希さんは同一人物ではない。いや、同一人物であることはわかるけれど、そうは思いたくない。だからこそ、これまであえてお姫さまの名前を訊いたりしなかったのだ。無神経なお兄ちゃんに腹が立つ。

「そんなに問題児なのか」

お父さんがにわかに顔を曇らせる。

「問題児じゃないもん！」

「問題児だよ。袴田と同じクラスの吉田《よしだ》が言ったんだから間違いない」

「問題児じゃない！　吉田が嘘つきだ！」

「おれの友達呼び捨てにするな。吉田が嘘をつくわけないだろう。袴田と吉田、どっちを信じるかって言ったらおれは当然吉田を信じる。だから袴田は問題児だ」

バカ！　お兄ちゃんのわからず屋！

『袴田充希』はお姫さまが悪いやつから隠れるために小学生のふりをしているかりの姿で、世の中にはクリスタルを狙う本当に悪いやつらに操られた人がたくさんいて、だから吉田くんの話だって信用しちゃいけなくて、でも私にはそれを説明できない。お姫さまみたいにお話が上手じゃないし、世界が滅亡の危機にあることは私とお姫さまと下田さんだけの秘密だから。

私は悔しくて悔しくてたまらなくて、つい泣きそうになっちゃって、でも泣くわけにはいかないと一生懸命喉の奥に力をこめて我慢したけれど、最後には我慢できなくなって泣き出してしまった。

「こらこら、どうして泣くの。泣くぐらいならちゃんと説明したらいいじゃない」

お母さんが困ったようにあきれたように言う。

わかってるけど無理だよ。お姫さまはぜったいに悪くないけど、証明はできないもん。ぜったいに秘密なんだもん。

「こら、稔。妹を泣かせるんじゃない」

お父さんに叱られて、お兄ちゃんが不満そうなアヒル口になった。

6

次の日、お兄ちゃんは驚くべき行動に出た。

私とお姫さまと下田さんが集まっているところに、乗り込んできたのだ。

「お兄ちゃん。帰ってよ」

私が両手で押しても、お兄ちゃんはびくともしない。おかしいな。前に相撲を取ったときにはけっこう良い勝負ができたのに。

「袴田。おれ、三組の藤村。藤村稔」

お姫さまはベンチに座ったまま、少し怯えたような顔でお兄ちゃんを見上げた。

「もう！　帰ってよ！」

いったいなにをしに来たのか。お兄ちゃんも悪いやつらに操られているんじゃないか。

「おまえ、嘘ばっかりついてて二組で相当嫌われてるそうだな」

「嘘なんかついてない！」

私が顔を真っ赤にしても、お兄ちゃんはやっぱり動かない。

「妹に変なことを吹き込むのはやめてくれ」

「変なことじゃない！」

　そこでお兄ちゃんは私を見下ろした。

「そういえばおまえ、最近あの子たちの話をしなくなったよな。なんていう名前だったっけ、勝美ちゃんと裕美子ちゃんと、あとは……」

　美恵ちゃん。せっかくできた友達だったけど、いまでは私のことなんて存在しないように振る舞っている。悲しいけれど仕方がない。悪いやつらに操られているだけで、本気で私を無視しようと思っているわけではないはずだから。

「なんでせっかくできた友達と遊ばないで、五年生と一緒にいるんだ。袴田におかしな影響受けたせいで友達がいなくなったんじゃないのか」

　すると真っ青な顔をして、いまにもその場から逃げ出しそうな感じで少し遠くにいた下田さんが、口を開いた。

「私は友達です！」

　そのとき初めて下田さんの存在に気づいたように、お兄ちゃんがぎょっとした顔をする。

　下田さんは自分から出た大きな声に驚いたように、両手でおどおどと自分のズボンの太腿を触った。

「和津ちゃんと同じクラスの、下田涼花です」

「ああ。どうも」

お兄ちゃんはそれまでの勢いが急激に萎《しぼ》んだようだった。

「私、クラスのみんなにいじめられていました。それを助けてくれたのが和津ちゃんでした。でも和津ちゃんは私を助けたせいで、今度は自分がいじめられるようになりました。みんなから無視されているんです。和津ちゃんが勝美ちゃんや裕美子ちゃんや美恵ちゃんと遊ばなくなったのは、私のせいです。ごめんなさい」

「和津。おまえ、いじめられてるのか」

弾かれたようにこっちを見たお兄ちゃんの声は震えていた。

「いじめられてない」

「でもいま——」

「いじめられてないよ。みんなが私を無視してるんじゃなくて、私がみんなを無視してるんだ。だから私がみんなをいじめてるの」

「和津……」

「それに、クラス全員ってわけじゃないよ。だってほら、下田さんは仲良くしてくれてるし、お姫さまも——」

そこまで言ってあっ、と自分の口を覆った。お兄ちゃんはお姫さまのことを同級生の『袴田充希』だと思っている。お姫さまの正体はぜったいに秘密なのだ。

私が口を滑らせたのを誤魔化すように、下田さんが言う。

「私はずっといじめられてきて、生きていても楽しいことなんてないと思っていました。早く死にたいと思っていたんです。だけど和津ちゃんが助けてくれました。そして、こうやって充希ちゃんにも紹介してもらって、とてもよかったと思っています。充希ちゃんの作った物語を聞いていると、いやなこと全部忘れられるんです。行ったことのない場所に行ったり、見たことのない景色を見たり、会ったことのない人に会えた気になって、とても楽しいんです。私はクラスでは受け入れてもらえなかったけど、クラスの外にはとても広い世界があって、いろんな考えの人がいて……そう思うと、外の世界に出られるまでもうちょっと頑張って生きてみようと思えるようになりました。いまは早く大人になりたいと思っています」

下田さんの話を聞きながら、私はいくつものショックを受けていた。

まず下田さんが死にたいと思っていたこと。そして下田さんが、お姫さまのことを普通に「充希ちゃん」と呼び、いつも楽しみに聞いているお姫さまの体験談を「充希ちゃんの作った物語」と言っていること。下田さんはお姫さまの話を本当のことだと思っていなかったのかな。それとも、お兄ちゃんにわかりやすいように話を合わせているだけなのかな。だけど、下田さんがそんなにも感謝していてくれたことはとても嬉しい。とにかくいろんな感情がぐちゃぐちゃに混ざり合って、いまはなにがなんだかわからない。

下田さんは自分の膝に頭がつくぐらい、深いお辞儀をした。

「和津ちゃんがクラスのみんなから無視されるようになって、ごめんなさい。勝美ちゃんや裕美子ちゃんや美恵ちゃんと遊べなくさせちゃって、ごめんなさい。私のせいです。だけど、私は和津ちゃんに感謝しています。充希ちゃんにも感謝しています。私から、二人を奪わないでください。友達でいたいです。お願いします」

もう一度「お願いします」と言おうとしたけど、下田さんはその途中で泣き出してしまったようだ。頭を下げたまま、身体を小刻みに震わせている。

口をへの字にしたまま、じっと下田さんを見つめていたお兄ちゃんが、ふいにお姫さまのほうを見た。

「袴田。おまえ、お姫さまだったのか」

お姫さまが驚いたようにはっと目を見開く。

「おれにも話を聞かせてくれよ」

それから、話の輪にお兄ちゃんも加わった。お兄ちゃんはすぐにお姫さまの話に夢中になったようで、私や下田さん以上に前のめりになって「それで？」とか「ここはどういうこと？」などの合いの手を入れていた。

途中でクリスタルを見せて欲しいとせがんできたので、私はポケットから深緑色のクリスタルを取り出して見せた。お姫さまは赤いの、下田さんは透明なのを見せた。

「触ってもいいか」と訊かれて、私は反射的に「駄目！」と言ったけれど、同時にお姫さまが「いいよ」と言ったので驚いた。お兄ちゃんが溶けたり燃えたりしたらいやだ。けれどお姫さまが言うには、きょうだいだからたぶん大丈夫らしい。たしかに私のクリスタルを手に取ったお兄ちゃんは、溶けたり燃えたりしなかった。

そしてお兄ちゃんは、最後にこう言った。

「サッカーがない日にまた来てもいいかな」

お姫さまはにっこり笑って「いいよ」と答えた。下田さんも嬉しそうにしているのが、私には嬉しかった。

「ね、お兄ちゃん。お姫さまは問題児なんかじゃなかったでしょ」

夕暮れの道を帰りながら、私は得意満面だった。

「ああ。そうだな。お兄ちゃんが悪かった。それにおまえが学校でシカトされてるの、気づかなくてごめん」

「違うよ。私がシカトしてるんだよ」

お兄ちゃんが困ったように笑う。

「これから頑張って世界を守るぞ」

「おう」

私はお兄ちゃんと一緒に赤い空に向かってグーパンチしながら、お兄ちゃんが味方になってくれたから悪いやつらになんて楽勝だと思った。

7

「藤村」

自分の席について教科書の準備をしていると、中山くんに声をかけられてぎくりとした。

中山くんが話しかけてきたのは、私が中山くんに怪我をさせた日以来だった。というか、下田さん以外のクラスメイトが声をかけてきたこと自体がとても久しぶりのことで、このままクラス替えまで誰からも話しかけられないのだろうと、ぼんやり思っていた。話したいと思うからつらいのであって、最初から話そうと思わなければ意外に平気なものだと気づいた。そんなタイミングだったので、クラスメイトに——しかも私が無視される原因になった中山くんに話しかけられて、心臓が止まるほど驚いた。

いまごろになって仕返しをしようとしてるのかと思って身構えた。クラスのみんなに無視させることで傷つけようとしたけれど、私が意外に平気そうなので腹が立ったのかもしれない。また取っ組み合いになったら勝てるだろうか。勝てるかどうかは別として、できればもう喧嘩はしたくない。相手を痛めつけるぶん、自分の心も痛めつけられるような気がしてつらい。

けれど中山くんは私の予想とは違う動きをした。私の肩に手を置いて、こう言ったのだ。

「ごめんな」

私はきょとんとなった。とっさに下田さんの席のほうを振り向き、いったいどういう風の吹き回しだろう、という感じの瞬きを何度か送る。下田さんは私の送った信号に気づいてくれたけど、正解は知らなかったみたいだ。不思議そうに首をひねっている。

中山くんは続けた。

「おまえ、サッカー部の藤村先輩の妹なんだって?」

「……うん」

お兄ちゃんがなんの関係があるというのだろう。

警戒する私に、中山くんは顔をくしゃっとさせて笑った。

「なんだ。早く言ってくれよ。わかってたらあんなこと……」

あんなこと、の後は語尾をごにょごにょさせる。

「とにかく悪かった。兄ちゃんに変なこと言ったりしないでくれるか」

「言わないよ」

だいたい「変なこと」ってなんだ。私は「変なこと」なんてしないし、言わない。

中山くんは両肩を落とし、大きな息を吐いた。

「よかったあ。じゃあ、仲直りしよう」

そう言って右手を差し出してくる。

わけがわからなかったけど、わざわざ相手が謝ってきているのに仲直りを拒否するほど、私も子供じゃない。中山くんの右手を握り返して、和解が成立した。

それからクラスのみんなが、少しずつ話しかけてくるようになった。最初は中山くんの子分の男子、次にそれ以外の男子。その日の授業が終わるころには、美恵ちゃん勝美ちゃん裕美子ちゃんまでもが話しかけてきた。これまでよってたかって無視したくせに、いったいどういうつもりなんだ。そんな気持ちはもちろん残っていたけど、みんなが話しかけてくれるのはやっぱり嬉しい。私は状況を素直に受け入れることにした。

「お兄ちゃん。中山くんになにか言ったの」

放課後、公園に集合したときに、私はお兄ちゃんに訊いた。クラスで無視されていることをお兄ちゃんに話してから何日もしないうちに中山くんが謝ってきたということは、たぶんそういうことなのだろう。

お兄ちゃんはあっさりと認めた。

「うん。その中山ってやつのことは直接知らないんだけど、うちのサッカークラブにも、三年生の弟がいるやつとかいるから、そいつに伝えてもらったんだ。おれの妹をいじめたら承知しないからなって。もしかして迷惑だったか」

「いや……」

そんなことはない。自力で解決できるのが一番だったと思うけど、たぶんそれは無理だというのもわかっている。

すると、お姫さまが意外なことを言った。

「もしかして私にも?」

「うん」

お兄ちゃんが褒めてくれと言わんばかりの笑顔で大きく頷く。

「お姫さま、学校でなにかあったの」

下田さんが訊いた。

「クラスメイトのお誕生パーティーに誘われたの。これまではそんなことなかったのに」

「すごい。行くの？」

「わからない。そういう賑やかな場所、あまり得意じゃないから」

困ったような顔をするお姫さまに、お兄ちゃんが言う。

「だけど、誘われていやな気分じゃなかっただろう？」

「うん」

はにかんだように笑うお姫さまはとてもかわいくて、本当にどこかの国のお姫さまなのだろうなと思う。

「おれも選ばれし者になったわけだから、ここにいるみんなのことを守るよ。誰にもいじめさせたりしない」

得意げに自分の胸をこぶしで叩くお兄ちゃんのことは、妹としても鼻高々だ。

「袴田……じゃなかった、お姫さま。この前の話の続きをしてくれよ」

「うん。わかった」

お姫さまはこくりと頷き、私たちを冒険に誘った。

その日の夜のことだった。

布団に潜り込んでうとうとと眠りにつこうとしていると、二段ベッドの下の段から「おい。和津」とお兄ちゃんの声がした。

私は眠気を引きずるように手すりから身を乗り出し、下の段を覗き込む。

「なに」

「クリスタル、見せてくれないか」

「いまぁ?」

いまにも意識がなくなりそうなタイミングだった。私は眠かった。

けれどお兄ちゃんは「なあ、頼むよ」と手を合わせてくる。

「眠いし」

ハシゴをおりるのは面倒くさい。

「場所を教えてくれれば自分で取るから。ランドセルだっけ?」

お兄ちゃんがベッドからおりる気配があったので、私は慌てて起き上がった。

「わかったから、ちょっと待って」

きょうだいとはいえ、勝手にランドセルまで開けないで欲しい。

ハシゴをおりてランドセルの蓋を開く。ファスナーを開いたポケットの中から、深緑色のクリスタルを取り出した。常夜灯の乏しい光の中では、黒い石ころにしか見えない。

「はい」

お兄ちゃんが両手をひしゃくのかたちにして待っていたので、そこにクリスタルを置いた。

「これかあ……」

もう何度も見ているのに、お兄ちゃんは初めて見る物のようにクリスタルをしげしげと見つめる。そしてふと顔を上げた。

「なあ。灯りを点《つ》けて見てもいいか？」

「駄目だよ。もう寝るんだから」

私がクリスタルを取り返そうとすると、お兄ちゃんは身体をよじって避けた。

「返してよ」

「もうちょっとだけ。お願い」

私はむすっとして腕組みしながら、クリスタルに見入るお兄ちゃんを睨んだ。

たしかに綺麗なものだけど、暗がりでは光も反射しなくて、その美しさの半分ほどもわからないのに、お兄ちゃんはいつまでもクリスタルを見つめている。

「そろそろいい？」

んー、という生返事の後、お兄ちゃんは言った。

「なあ、和津。お姫さま、おれにもクリスタルをくれないかな」

「なに言ってるの。そんなの無理に決まってるでしょう」

ちゃんとお姫さまの話を聞いていたのかな。聞いていたら、そんなことは言えないはずだ。なにしろクリスタルはお姫さまが作った物ではなく、世界に七つしか存在しない。

「でも、おれだって選ばれし者なのに、おれだけクリスタルを持ってない」

それはたしかにその通りだけど。私にそんなことを言われても。

私は素早く手をのばし、クリスタルを奪い返した。

「ああ……」とお兄ちゃんが残念そうに言う。

「見世物じゃないの。もうしまうから」

お兄ちゃんに背を向け、ランドセルのポケットのファスナーを開く。

でもクリスタルをしまうふりをして実際にはそこにしまわず、こぶしの中に隠したままハシゴをのぼり、布団をかぶった。

8

ニコニコ顔のお兄ちゃんが車止めをひょいと飛び越え、公園に入ってくる姿を見て、私はうんざりした声を上げた。

「えーっ。また来たのー？」

「なんだよ、その言い方は。来ちゃ駄目なのか」

お兄ちゃんは不満そうに唇を尖らせた後、お姫さまと下田さんに軽く手を挙げて挨拶した。

「駄目じゃないけど、今日サッカーの日でしょう」

「昨日の日曜日試合だったから、今日は休養日なんだ」

「だったら家でゆっくりしていればいいのに」

「そういうわけにはいかないよ。大事な集会だ。お姫さまの話の続きも気になるし。和津から話を聞いても、話し方が下手だからなにを言ってるかよくわからないし」

「悪かったね」

サッカークラブの活動などでお兄ちゃんが公園に来られない日には、お姫さまから聞いた話を私からお兄ちゃんに伝えている。たしかに私の話し方が下手くそなせいで、お姫さまのお話のおもしろさの半分も伝えられていないと思うけど。

「試合だったの?」

下田さんがしなくていい質問をする。そんなことを訊いたらお兄ちゃんの自慢話が止まらなくなって、お姫さまの話がなかなか始められないのに。

「そうだよ。試合だったんだ。こう見えておれ、レギュラーなんだよ。前の学校のときにもレギュラーだったけど、いまの学校でもすぐにレギュラーになったんだ。しかもフォワードなんだ」

「フォワード?」

お姫さままで余計なことを。

「前の列にいる選手のこと。点を取るのが仕事」

「点を取ったの?」と、またも下田さんが。

「もういいじゃない。早くお姫さまの話を聞きたい」

私がたまらず遮っても、お姫さまはお兄ちゃんの話を聞きたがっている。目をキラキラとさせて、お兄ちゃんの言葉を待っている。

お兄ちゃんは親指を立てた。

「当たり前だろう。バッチリ決めてやった。これで三試合連続ゴール」

「すごーい。さすが」

下田さんが顔の前で小さく拍手をする。

「別にすごくないよ」

むくれる私に、お兄ちゃんが言う。

「すごいんだぞ。六年生も合わせた中でのレギュラーなんだ。相手チームなんかみんな六年生ばっかりだから、身体が大きいんだ」

そりゃすごいよ。お兄ちゃんはすごい。わかってる。勉強も運動もできて、私やお姫さまへのいじめをやめさせられるぐらい正義感が強くて、みんなに一目置かれていて、下田さんやお姫さまの心を簡単に開かせるぐらい明るくて人当たりがよくて、完璧だよ。そんなのわかってる。私にとっても自慢のお兄ちゃんだもん。

でも、でも……。

とてもモヤモヤする。お兄ちゃんのことは変わらず好きだけど、これ以上私たちの世界に踏み込んで欲しくない。ここには私たちの宇宙がある。ひっそりと築かれた、誰に気づかれることもないほど小さく、でも大切な大切な私たちだけの宇宙が。私たちはここで肩を寄せ合って、互いを温め合っている。私たちにはここしかない。ここが唯一の居場所なんだ。お兄ちゃんにはたくさん居場所があるじゃないの。どこに行っても受け入れられるし、すぐに溶け込んで自分の居場所を作っちゃうじゃないの。そんな人が、わざわざここを選ぶ必要はないんじゃないか。もっと広くて明るくて心地よい場所があるだろうに。そこに行けばいいのに。

だけどそんなことを考えているのは、私だけなのかもしれない。お兄ちゃんのことを心から歓迎している様子のお姫さまや下田さんを見ていて、私は悲しくなる。とても気の合う仲間だと思っていたのに、一生付き合える仲良し三人組になれると思っていたのに、それは錯覚だったのかもしれない。お姫さまと下田さんはぜったいにそんなふうに思っていないのに、私のお兄ちゃんだからこそ心を許してくれているはずなのに、自分の意地の悪さがとても嫌いだ。

そして日が落ちてきて、そろそろ続きは明日にしようかという感じになったときだった。

「今日は藤村くんにあげたいものがあるの」

お姫さまがパーカーのポケットから抜いたこぶしを、お兄ちゃんのほうに向けた。笑いを堪えているらしく、ほっぺが少し震えている。

ああ、まさかと、私は思う。それだけはぜったいにやめて欲しい。クリスタルは世界に七つしかなくて、お姫さまはそのうち三つしか持っていなくて、その三つをお姫さま、私、下田さんの三人で分け合っている。私たち三人は選ばれし者だから。世界を守れるのは、私たち三人だけだから。

だけど、いやな予感ほどよく当たる。

お姫さまが開いた手の中には、藍《あい》色をしたガラス玉のようなものがあった。

「これ……まさか」

お兄ちゃんが信じられないという表情で、お姫さまの顔とガラス玉を見比べる。

お姫さまはにんまりとしながら言った。

「このクリスタルを、藤村くんに持っていて欲し――」

「いやだ！」私は叫んでいた。

「和津……？」

「和津ちゃん？」

お兄ちゃんと下田さんが、狐につままれたような顔をしている。お姫さまもびっくりした顔のまま固まっていた。

「おかしいじゃない！　クリスタルは世界に七つしかないものなのに、どうしてそんなに簡単に手に入るの！」

「昨日、敵と戦って手に入れてきたの」

「どこで？　どんな敵と？　おかしいよ！　ぜったいおかしいってば！」

「そんなことない。この傷を見て」

お姫さまがパーカーの襟をずり下げる。そこにはとても痛々しい、青黒い痣《あざ》があった。

「激しい戦いで傷だらけになったけど、なんとかクリスタルを――」

「嘘つき！」私は遮って言った。

「嘘つきだ！　クリスタルなんかじゃないよ！　本当はこれは、そこらへんで拾ったただのガラス玉だよ！　私、知ってるもん！　本当はお姫さまじゃないし、追っ手なんていないし、世界なんか救えないこと、私知ってるもん！」

そんなことは最初からわかっていた。私はもう二年生じゃない。三年生だ。サンタクロースの正体がお父さんだということも知っている。ただ逃げ込める場所が欲しかっただけなんだ。自分が勇気があって強くて世界を救うほどの影響力を持つような、そんな重要な存在として扱われる場所が欲しかっただけなんだ。私の小さな世界。私の大事な大事な世界。それを私はいま、自分の手でたたき壊した。

「こんなもの……！」

私はポケットから深緑色のクリスタル――ではもうない、ガラス玉を取り出し、地面に投げつけた。

　そしてみんなに背を向け、その場から逃げ出した。

9

　二段ベッドの上の段で頭まですっぽり布団をかぶっていると、遠慮がちに扉の開く音がした。

「和津。ちょっと話をしないか」

　お兄ちゃんの声はいつもより穏やかで、ゆっくりした話し方で、少し大人っぽい。そんなふうに気を遣わないといけない理由なんてないはずなのに。わがままな私が悪いだけなのに。

　みし、みし、と床の鳴る音が近くまでやってきた。わずかな布団の隙間からは、お兄ちゃんのおでこの部分らしい肌色が見える。

「クリスタル、忘れて行ってたぞ」

　私が投げ捨てた深緑色のガラス玉を拾って持って帰ってきたらしい。

「いらない」

布団をかぶったまま応えた。

「でもこれ、お姫さまから預かった大事な物だろう。悪いやつらに奪われたら、世界が滅んでしまうんじゃないのか」

「滅ばない。だってそれ、ただのガラス玉だもん」

たぶんそんなこと、お兄ちゃんだってわかってたはずなんだ。それなのにどうしてあんなに欲しがったのか、さっぱりわからないけど。

「たとえそうだとしても、おまえがお姫さまから預かったのには違いないだろう。いったん引き受けたことを、途中で投げ出すなよ」

お兄ちゃんはいつも正しい。いつもお兄ちゃんの言うことが正しくて、私が間違っている。いつもそうだ。でもそうじゃない居場所を見つけたはずだった。

「お姫さまじゃないよ」

「和津」

「お姫さまなんて嘘だよ。あの人は五年二組の袴田充希。嘘ばっかりついてる問題児」

「違う」

「違わない」

「違う」

「違わないよ！」

私は勢いよく布団を跳ね上げ、上体を起こした。

「お兄ちゃんが言ったんだよ。袴田充希は嘘ばっかりついてる問題児だって」

「言ったよ。でも間違ってた」

「間違ってないよ。嘘ついてるじゃん。お姫さまじゃないくせにお姫さまって言ってるし、そこらへんから拾ってきたガラス玉を、七大陸を表すクリスタルとか言ってるし、嘘ばっかり」

「でも問題児じゃない。だって楽しかったじゃないか」

そう言われ、私は唇を歪めた。

「お姫さま……じゃなくて、もう袴田でいいか、袴田は別に和津を騙《だま》そうとして嘘をついたわけじゃない。楽しませようとしただけだ。それに、袴田の作り話は和津に勇気を与えた。和津は袴田の話を聞いていたから、いじめられていた涼花ちゃんを助けようとしたんだろう？」

「でも嘘じゃん！　嘘つきじゃん！　嘘は嘘だよ！　嘘ついたら駄目だよ！」

「そんなことない。和津に涼花ちゃんを助けさせたように、死にたいと思っていた涼花ちゃんにもうちょっと生きてみようと思わせたように、袴田は自分で自分を励ましているんだと思う」

「なにそれ」

自分で自分を励ますなんて、意味がわからない。

「わかんないのか。和津」

お兄ちゃんは少し苛立ったような話し方になる。

「袴田のやつ、今日もここに痣があっただろう」

そう言って、自分のTシャツの襟首を引っ張りおろした。

「あったよ」だからなんなんだ。

「それだけじゃなくて、袴田はしょっちゅう怪我してた」

「悪いやつらと戦ってたからね」

唇の端にかさぶたを作っていたこともあった。それだけではなく、自称お姫さまはいつも小さな擦《す》り傷や痣だらけだった。

って、まさか——。

私ははっと顔を上げた。

「下田さんと同じ……だったの？」

唇の端にかさぶたを作っていたとき、追っ手が来たと言って遊具の陰に隠れたことがあった。あのときの追っ手は、お姫さまと同じくらいの学年に見える男子三人組だった。だから下田さんを連れてこいって言ったのかな。

自分も、いじめられていたから――。

だけどお兄ちゃんは「それだけじゃない」と顔を横に振った。

「おれも最初はそう思ってた。だから袴田のクラスメイトの男子に睨みを利かせていじめをやめさせたらぜんぶ解決すると思ってたんだ。でも、袴田はやっぱり傷だらけだ。おれが和津のクラスメイトのシカトをやめさせたときのこと、覚えてるか」

覚えている。「もしかして私にも？」と言ったお姫さまは、学校でなにがあったのかと下田さんに訊かれたとき、クラスメイトの誕生パーティーに誘われたと話していた。

そのことを言うと、お兄ちゃんは「だろう？」と片方の眉だけを持ち上げた。

「その言い方だとたぶん、クラスで暴力は振るわれていなかったんだ。だからおれが睨みを利かせて二組のいじめを止めても、袴田は怪我し続けた」

よく考えればそうだ。さっきも胸もとに痣があった。お姫さまの怪我がクラスメイトのいじめによるものだったら、さっきの痣はおかしい。まだいじめが続いていることになる。

「こっそりいじめている子がいるってこと？」

「違う」

お兄ちゃんは自信たっぷりに言った。

「袴田が叩かれたり蹴られたりしている場所は、学校じゃないんだ」

「じゃあ、どこ？」

「自分の家だよ」

「えっ……？」

意味がわからない。自分の家に自分をいじめる人がいるということかな。そんなことありえないよね。

ところがお兄ちゃんは、ありえるのだと言った。自分の子供を叩いたり蹴ったり、熱いお湯をかけたり寒い中、裸で外に出したりするお父さんやお母さんも、世の中にはいるそうなのだ。本当かな。そういうのは漫画とかドラマとかの中だけじゃないのかな。だって普通、お母さんは、火傷《やけど》しないように気をつけなさいって注意してくるものでしょう？私が寒くて震えていたら、私のお父さんは自分のジャンパーを脱いで私に着せてくれるよ？それがお父さんとお母さんでしょう？　そうじゃない人もいるの？

「いるんだ。だから袴田は家に帰りたくなくて放課後公園に一人でいたし、作り話で自分を励まさないといけなかったんだ」

本当かな。本当なのかな。お兄ちゃんの言うことはいつも正しいけれど、今回ばかりは簡単に信じることができない。

けれど翌日、お姫さまはお兄ちゃんの推理が当たっていると認めた。本当に自分のお父さんとお母さんから叩かれたり蹴られたりしていたのだ。それどころか、火の点《つ》いた煙草を押しつけられたりもしていた。お姫さまがパーカーの長袖をめくると、腕にはたくさんの黒い斑点《はんてん》があった。

「許せない」

お兄ちゃんは見たことないぐらい怖い顔をしていた。私と下田さんは、お姫さまがあまりにかわいそうで泣いた。お姫さまはそんな私たちを見て泣いた。

お姫さまによれば、お父さんは普段はおとなしいけどお酒を飲むと暴れるらしい。お母さんはそんなお父さんの顔色をうかがっていて、つねにピリピリしているそうだ。ちょっと思い通りにいかないことがあるとすぐに怒鳴《どな》り散らし、お姫さまを平手打ちにしたりすると言う。唇の端にあったかさぶたは、お母さんから平手打ちされて切ったという話だった。私は自分のお父さんとお母さんに置き換えて想像してみようとした。でも私のお父さんはお酒を飲んでも嬉しそうに髭《ひげ》の剃《そ》り跡をジョリジョリ押しつけてくる程度だし、お母さんはたまに怒鳴ることがあっても後で反省して落ち込んでいる。想像ができない。お姫さまはとても想像ができないほどつらい毎日を送っていたんだ。

どうにかして助けてあげたい。私が勇気をもらって下田さんへのいじめをやめさせたように、下田さんがお姫さまの作り話で死にたいのを考え直したように、私もお姫さまを助けてあげたい。

でも良い考えなんて思いつくはずもなかった。いじめっ子は強くても怖くても同じ小学生だけど、お姫さまのお父さんとお母さんは大人だ。大人は力も強いし頭も良いし、いろんなことを知っている。とても敵うはずがない。

「もう、ぶっ殺すしかないんじゃないか」

そんな怖いことを言うなんて、お兄ちゃんはお兄ちゃんの格好をした別の人なんじゃないかと思った。

「なに言ってるの。いくら和津ちゃんのお兄ちゃんが強くても、無理だよ」

下田さんも顔を真っ青にしている。

「別に取っ組み合いをする必要なんてない。殺し方なんていろいろある。毒を使ったりとか、爆弾を使ったりとか」

「そんなの、どこから手に入れるの？　無理だよ！」

私はほとんど泣き出しそうだった。お姫さまを助けたい気持ちはある。けれどそのために、お兄ちゃんが私の知っているやさしいお兄ちゃんでなくなるのはいやだった。

「ありがとう。藤村くん。でも、そんなこと考えないでいい。私はぜんぜん平気。だって私は本当は、遠い国から来たお姫さまだから」

そう言って一生懸命に笑うお姫さまの顔は、泣きそうなのを我慢しているせいで歪んでいた。

その話はそこで終わったと、そのときは思った。お姫さまはお父さんとお母さんに叩かれたり蹴られたり、火の点いた煙草を押しつけられたりして本当にかわいそう。なんとかして助けてあげたい。けれどやっぱり子供の力ではどうにもできない。残念。

だけどお兄ちゃんにとっては、終わっていなかったみたいだった。

数日後の夜、私は物音で目を覚ました。何時くらいなのかはわからない。眠りについたときと同じで部屋は真っ暗だったので、夜が明けるまでまだ時間があったはずだ。

お兄ちゃんがトイレにでも立ったのだろうと思い、物音の原因を確認もせずにうつらうつらとし始めた。すぐに眠くなり、すとんと意識がなくなる感覚があった。

ところが、ふたたび物音がして目が覚めた。ちらりと黒目を動かして見えたものが、あまりに怖くて声が出なかった。

誰かが窓を開けて部屋に入ってこようとしていた。

泥棒？　強盗？

叫ばないと。助けを呼ばないと。

そう思って息を吸い込んだところで、その影がお兄ちゃんだと気づいた。なんで？　こんな夜中に部屋を抜け出して、しかも二階の窓から外に出て、いったいなにをしていたんだろう。窓から出たということは、お父さんとお母さんにバレたくないことだというのはわかるけど……。

たくさんの疑問が浮かんだけれど、そのとき、私は目を閉じて寝たふりをした。なにをしてきたのか、聞くのが怖かった。

しばらくして、布団に潜り込んだお兄ちゃんのくぐもったすすり泣きが聞こえてきた。

どうしたの？　なんで泣いてるの？

いつもなら普通に出てくる言葉を、私は飲み込んだ。なにも質問してはいけないし、自分が起きていることも気づかれてはいけないと思った。

翌日のニュースで、お姫さまの家が火事になり、お酒を飲んで寝入っていたお姫さまのお父さんとお母さんが焼け死んだのを知った。

10

火事のニュースを知った日以後、お姫さまの姿は公園から消えた。

下田さんから聞かされた話によれば、お姫さまはお父さんとお母さんが死んで家も燃えてなくなったので、どこかの施設に預けられて次に住む場所を探してもらっているらしい。「転校しちゃう可能性が高いそうだけど、中央小学校に通い続けてくれればいいな。そしたらまた、お話の続きが聞けるのに」と下田さんは言うけれど、私はそうは思わない。できれば引っ越して、転校して、どこか遠くに行って欲しかった。

あの夜、お兄ちゃんが窓からこっそり抜け出して、こっそり戻ってきた夜。お兄ちゃんは布団の中ですすり泣いていた。

何日か前に、お兄ちゃんはお姫さまを叩いたり蹴ったりするお父さんとお母さんを「もう、ぶっ殺すしかないんじゃないか」と言った。「別に取っ組み合いをする必要なんてない。殺し方なんていろいろある。毒を使ったりとか、爆弾を使ったりとか」とも言った。本当は毒だとか爆弾だとか、手に入りにくい物を使おうなんて、最初から考えていなかったんじゃないのか。最初からマッチやライターで簡単に作れる「火」を使おうと考えていたんじゃないのか。

お兄ちゃんは正義感が強い。私やお姫さまがクラスでいじめられていると知って、私たちにはなにも言わずにそれを止めてくれた。あのときにはお兄ちゃんがなにかしたのかと聞いたら、素直に「うん」と認めてくれたけど、今回はどうだろう。

お兄ちゃん。お姫さまの家に火を点けたの？

お姫さまを助けるために、お姫さまのお父さんとお母さんを、殺したの——？

すんなり認められたらと思うと怖いし、「違う」と答えられてもたぶん私は信じない。これだけの材料が揃っていて、自分はなにもしていない、お姫さまの家に火を点けていないし、お姫さまのお父さんとお母さんを殺していないだなんて、とても信じられない。二年生なら信じたかもしれないけど、私はもう三年生だ。

私はなにも知らない、なにも心当たりがないふりをしながら、いつも通りに毎日を過ごした。お兄ちゃんも同じように見える。でも私が「ふり」をしているのだから、お兄ちゃんだって「ふり」をしているかもしれない。

公園には行かなくなった。下田さんとは毎日学校で会えるし、お兄ちゃんとは、もちろん毎日一緒に過ごしている。だから行く必要がない。というより、本当は行くのが怖くなった。あの場所でお姫さまから聞かされた、たくさんの物語。見たことのない世界。本当は全部嘘だって、なんとなく気づいていた。気づいていたけど、私もどこか遠い場所に旅をしたくて、勇者やお姫さまになりたくて、お姫さまの話を信じることにした。それなのにいまでは、お姫さまに騙されていたように感じている。

そのまま何週間か経ち、物語のあらすじも、見知らぬ国の三角屋根のお城のかたちもぼんやりとして思い出せなくなってきたころ、お姫さまがひょっこりと家の前に現れた。

私はいったん学校から帰ってきて、ランドセルを置いて美恵ちゃんの家に遊びに行こうとしていたところだった。お父さんは仕事、お兄ちゃんはサッカークラブで家にいなくて、お母さんはキッチンで夕飯の支度を始めていた。

「久しぶり」と笑いかけられても、私はどういう表情を返していいのかわからなかった。

「こんにちは」とよそよそしい挨拶をしてしまう。

「引っ越すことになったの」と、お姫さまは言った。死んだお母さんの妹夫婦に引き取られることになったそうだ。

「叔母さんには会ったことないから、正直不安だけど」

そう言って本当に不安そうな顔をするお姫さまに、私は言いたかった。

でも嬉しいんじゃないの？

あなたを叩いたり蹴ったりしていたお父さんとお母さんから逃げられて——お父さんと

お母さんが死んで、本当は嬉しいんじゃないの？

もちろん思っただけで、言えない。

だってお姫さまのお父さんとお母さんを殺したのは、たぶん……。

お姫さまは私の肩越しに、玄関を覗き込むような動きをした。

「藤村くんは？」

「サッカー」

つっけんどんな言い方になる。お兄ちゃんが家にいなくてよかったと、心の底から思った。

「そう」お姫さまは少し残念そうな顔をした後で、ポケットから二通の封筒を取り出した。

「これ、読んで」

一通には『和津ちゃんへ』、もう一通には『藤村くんへ』と書いてある。

「あ、ありがとう」

私は封筒を受け取った。せめて少しは笑顔を作ってあげるべきだと思ったけど、頬がぴくりと動いただけで笑えない。それ以上の言葉も出てこない。

早く帰って欲しいという雰囲気を感じ取ったように、お姫さまが笑った。

「私こそ、これまでありがとう」

じゃあね、と手を振って去って行く。

私は軽く手を振り返しただけでお姫さまに背を向け、走って自宅に戻った。

扉を開けて靴を脱ぎ、階段を駆けのぼる。

「あら。忘れ物？」

お母さんの声にも応えずに子供部屋に入り、誰も入ってこないように扉に背をもたせかけてぺたりと床に座った。

『和津ちゃんへ』と書かれたほうの封筒を開いた。薄いピンク色の便箋に、几帳面そうな綺麗な字が並んでいる。

和津ちゃんへ
　いままで仲良くしてくれてありがとう。
私のお話をいつも一生懸命に聞いてくれてありがとう。
下田さんや藤村くんに出会わせてくれてありがとう。
和津ちゃんと出会ってとても楽しかったよ。
私は遠くに引っ越すけれど、いつかまた会えるといいね。（新しい住所を書いておく

ので、いつか遊びに来てね)

P.S. 新しいお父さんの苗字に変わります。

小堀充希

次に私は、お兄ちゃん宛の封筒を手にした。本当は私が読んじゃいけない。わかっている。でも我慢できなかった。震える手で封を切り、便箋を取り出した。

藤村くんへ

いままで仲良くしてくれてありがとう。
私の作り話に付き合ってくれてありがとう。
藤村くんがいつも楽しそうに話を聞いてくれるので私も楽しくなったよ。
そして、私に新しい人生をくれてありがとう。
離ればなれになっちゃうけど、ずっと藤村くんに感謝して生きていきます。
新しい住所を書いておきます。いつか遊びに来てくれると嬉しいな。

P. S. 新しいお父さんの苗字に変わります。

小堀充希

心臓がバクバク暴れて、爆発してしまいそうだった。悪いことをしている、人の手紙を盗み読んでいるという罪の意識もあるけれど、それ以上に手紙に書かれた内容が、これまで経験したことのないドキドキの原因だった。

私に新しい人生をくれてありがとう——。


これはつまり、そういうことじゃないだろうか。ずっとお兄ちゃんに感謝して生きていくとも書いてある。やっぱり、間違いない。

お兄ちゃんが、火を点けた。

お姫さまのお父さんとお母さんを殺した。

寒くもないのに全身が震えてきた。どうしたらいいんだろう。この手紙をどうするのが正解なんだろう。

「和津。どうしたの？　出かけるんじゃなかったの？」

下からお母さんの声が聞こえる。

「うん。これから出かけるよー」

「美恵ちゃん待ってるんじゃないの」

「平気ー。何時に行くとは言ってないからー」

なんでもないような声で応え、私は手紙を二つに破いた。その二つを重ねて四つに、さらにそれらを重ねて八つに。できるだけ細かく、誰宛でなにが書いてあったのかがわからなくなるようにビリビリに破いた。

お姫さまに出会わなければ、お兄ちゃんは人殺しなんかしなかった。私がいじめっ子に立ち向かう勇気を授けられたように、お兄ちゃんはお姫さまを叩いたり蹴ったりする大人に立ち向かう勇気を授けられた。お姫さまにそそのかされて、人を殺してしまった。

遊びに来てくれると嬉しいな？　ぜったいに二度と会わせない。あの人は人を狂わせる。ここで終わりにしないと。

お姫さまなんかいない。

お姫さまなんかいない。

お姫さまなんか、いないんだ——。

拾い集めた紙くずをゴミ箱に入れながら、私は心の中でひたすら繰り返した。

最期のインタビュー（追記）

鴨志田氏がパーキンソン病による合併症で死去というニュースから一か月後、筆者のもとに一通の手紙が届いた。鴨志田氏の担当編集者・下田涼花氏からである。鴨志田氏と唯一面識があり、鴨志田氏が全幅の信頼を寄せていたという彼女からの手紙には、驚くべき事実が記されていた。

この手紙を読んですぐに下田氏に接触をこころみたものの、現時点で連絡は取れていない。メールに返信はないし、下田氏の勤務する出版社に電話したところ、突然退職してしまい、その後の連絡先もわからないという。

早田直彦さま

拝啓、突然のお便りを差し上げる失礼をお許しください。

はじめまして。評文社の下田涼花と申します。文芸出版部で鴨志田玲先生を担当していた編集者です。

日本では大きなニュースになっているので、すでにご存じかもしれませんが、先日、鴨志田先生が亡くなりました。パーキンソン病による合併症でした。早田さまにおいては、さぞや驚かれたことと想像します。なにしろ早田さまにとって鴨志田先生は『パーキンソン病を装って忘れられない想い人の息子を自宅に呼び寄せ、情報を引き出そうとした女』だったのでしょうから。ですが鴨志田先生は本当にパーキンソン病でした。とても信じられませんよね？　最期のインタビューとなった別れの際、怒りのあまり席を立つあなたを、先生はとても病気とは思えない素早い動きで引き留めたのですから。たしかにあのときあなたを引き留めた女は、パーキンソン病ではありません。ですがあの女は、鴨志田玲でもありませんでした。

あれは私です。

鴨志田先生があなたのお父さまである立花稔さん――当時は稔さんのご両親が離婚される前でしたので、まだ藤村稔さんでしたが――によって、ご自身の創作するお話に価値があると気づかされ、小説家を志すようになったという話は嘘ではありません。稔さんのことを想って、ずっと創作に励んでこられたのも事実です。私にとって、先生は双子のような存在です。お互いを理解し合える片割れです。ですから私は先生のことを理解しているし、先生の気持ちを代弁できたのです。もっとも、鴨志田玲として話した中には、ところどころ先生ではなく私自身の話も交じっていますが。たとえば何人かの男性と交際し、プロポーズもされたことがあるというのは、先生ではなく私の話です。物語の世界に生きてこられた先生には、男性と交際した経験はありませんでした。

パーキンソン病になり、先生はたびたび稔さんの幻覚を見るようになりました。私は先生が人生に悔いを残されないよう、稔さんを探してみることを提案しました。ですが先生は難色を示されました。理由を訊ねると、こんな私を見られたくないとおっしゃいます。先生は病気の影響で筋肉が落ちて痩せ細った上に表情が乏しくなり、手足が震えて自由に動かせなくなったせいで、実年齢より十も二十も老けて見えるようになっておられました。小さな歩幅でトボトボと歩く様子は、まるで老人でした。まだ五十代に入ったばかりだというのに。

もうお気づきでしょうか。あの邸宅に住み込みで働いているとご紹介した、看護師資格を持つ家政婦の女性——彼女こそが、本物の鴨志田玲こと小堀（旧姓・袴田）充希です。幸いなことに鴨志田玲は覆面作家として活動していたため、業界内に素顔を知る人間はほとんどいません。私が鴨志田玲として話しますので、家政婦のふりをしてその様子をご覧になってはいかがですかという提案に、先生は同意されました。一度、あなたから問い詰められ、彼女がパーキンソン病の幻覚症状について説明したことがあったそうですね。あれは看護師の専門知識などではなく、患者である彼女自身の体験談です。

稔さんがとうの昔にお亡くなりになっていたことには驚かれていましたが、最期にその面影を色濃く残された息子さんに会うことができ、その息子さんに金銭的な支援をすることができたと、先生は大変お喜びでした。その節はどうもお世話になりました。

担当編集者の私としても、最後に罪滅ぼしができてよかったと思っています。

私はこれまでに、二件の殺人を犯しています。

ただご理解いただきたいのは、あくまで小堀充希に——鴨志田玲に自由に創作に励んで欲しいという一念からの行動ということです。私利私欲はいっさいございません。私と鴨志田先生の深い絆《きずな》をご理解いただくには、先生との出会いからご説明する必要があるでしょう。

私が最初に先生に出会ったのは、小学校三年生のときでした。先生は私の二つ上なので、五年生のころです。あなたの叔母にあたる和津さんに紹介されました。中学校に上がって以後、和津さんとは疎遠になっていますが、お元気になさっていらっしゃるでしょうか？　あの火事以来、和津さんは以前の明るさを失い、別人のようになってしまいました。そのことが稔さんと和津さんのご両親の離婚の遠因になったのではないかと、私は考えています。だってあんなに絵に描いたような幸福な一家だったのに。いや、それはあくまで外から見た印象に過ぎず、内側ではなにが起こっていたのかなどわかりませんね。

話を戻します。先生は当時から自分で作ったお話を披露されていて、私はものの数分でその世界に魅了されました。

当時の私は、クラスでいじめを受けていました。私は子供のころから目が悪かったのですが、貧しい家庭だったために眼鏡を買ってもらえず、目つきが悪いと因縁をつけられたのがきっかけでした。毎日がつらくて、死ぬことばかり考えていました。そんな私が、こんなにおもしろい話が聞けるのならもっと生きていたい、生きて続きを聞きたいと願うようになったのです。私にとって先生は命の恩人であり、生きる道しるべでした。

ですが当時、先生は家庭で虐待を受けていました。つらい現実から逃れるために想像力が育まれたというのは皮肉なものですが、想像力だけで逃避するにも限界があります。物理的な暴力は、そのうち先生の生命を奪ってしまうかもしれないのです。私は先生を救い出すために、先生のご両親を殺害する決意をしました。

先生のご両親が寝入ったタイミングを見計らい、家に火を放つという計画は、最初から考えていました。ですがただ火を放つだけでは、おもしろみがありません。先生は物語の世界の住人なのです。

私は稔さんに、先生を救う白馬の王子さまになっていただこうと考えました。

先生と稔さん、双方の下足箱に差出人不明の手紙を入れました。先生宛ての手紙には、『たたかれなくなるま法のくすり。お酒にまぜること』と記し、私の母が使っていた睡眠導入剤を同封しました。稔さん宛の手紙には『えらばれし者へ。しん夜二時におひめさまの家に集合（和津ちゃんには内しょで）』といった内容を記しました。

私は稔さんにたいして指定した時間よりも少し前に、袴田邸に火を放ち、遠くから様子を見守っていました。稔さんが袴田邸に到着したときには、家屋が完全に炎に包まれていました。そして難を逃れた先生が見たのは、思いもよらない大事件に驚いて火災現場から逃げ出す稔さんの姿でした。私の目論《もくろ》み通り、先生は稔さんが火を放ち、両親を殺害して虐待から救ってくれたと思われたようでした。実際にそれを行ったのは私ですが、そんなことはどうでもいいのです。物語の世界に生きる先生には、物語のようにドラマチックな人生を歩んでいただきたかったのです。

私は先生を救い、しかもその過程をドラマチックに演出できたことに満足していましたが、ご両親を亡くしたことで先生は引っ越されることになりました。引っ越されてから数年の間は手紙のやりとりもありましたが、次第に返事が届くまでの期間が長くなっていきました。先生の中で私の存在が薄れていくようで寂しく思っていましたが、実はそのころ、先生は小説を書き始めておられたのです。努力が実り、『藤村馨』というペンネームで小説家デビューされたのが十七歳のころでした。

そう。『鴨志田玲』は先生にとって二度目のデビューだったのです。再デビューにあたり、あまり良い結果の出せなかった『藤村馨』時代は封印しようというのが私と先生の一致した意見だったため、インタビューでも『藤村馨』の名前は伏せました。すみませんでした。

先生からの音信が途絶えていた私がその動向を知ったのは、いち読者としてでした。たまたま手に取った藤村馨作品に描写されていた内容があまりに先生の置かれていた家庭環境と酷似《こくじ》していたため、インターネットで検索してみました。すると、あの小堀充希さんの顔写真が現れたのです。これを運命と言わずになんと言うのでしょう。

ですが残念なことに、藤村馨の筆致には先生が公園で話していたときのようなキレも、わくわくするような盛り上がりもありません。そう思ったのは一般の読者も同じだったようで、先生はすでに文壇でも過去の人になっておられました。

先生は純文学の分野で私小説を書かれていたのです。どうしてエンタメ小説を書かないのだろう。先生の居場所は純文学ではない。想像力の翼を広げれば、どこまでも羽ばたいてゆけるはずなのに。

どうすれば先生の助けになれるのか。あの胸がすくような冒険譚《たん》を、ハラハラドキドキのアクションを、あっと驚くどんでん返しを、どうやったら多くの読者に届けられるだろう。どうすれば先生に、ご自身の才能に気づいていただけるだろう。思えば『藤村馨』作品に触れた瞬間が、私にとっての編集者人生のスタートだったのかもしれません。私は当時ただの高校生だったにもかかわらず、先生の作品をどう世に出すかばかりを考えるようになりました。

そのとき頭に浮かんだのが、稔さんのことでした。先生にとっての白馬の王子さま。放火殺人という重罪を犯してまで先生に新たな人生を与えた――少なくとも先生にとってはそういうことになっている――運命の人。彼にふたたび出会うことで、物語に必要ななにかを思い出していただけるのではないか。先生に彼への想いが残っているのは『藤村馨』というペンネームからも明らかです。のちに先生にうかがったところによれば、稔さんと結ばれたときに付けようと思っていた子供の名前を、自分のペンネームにしたそうです。その話をうかがったときには、やはり先生は物語の世界に生きる方なのだと感動に打ち震えました。

大学生になった私は、稔さんへの接近を図りました。先生の本名である小堀充希を名乗り、スーパーでアルバイトを始めたのです。彼は両親の離婚により姓が変わっていたため、疎遠になっていた先生には捜索が困難だったようですが、私には容易でした。彼の苗字が藤村から立花に変わったのも知っていたし、彼はSNSで通学する大学名を明かしていたのです。先生の本名を騙ったのは、稔さんがその名前を覚えているか、その名前に接したときに反応してくれるかというテストでした。なにしろ先生にとっては身を挺《てい》して守ってくれた白馬の王子さまでも、彼には小学校時代の一時期仲良くしただけの相手です。しかし「小堀」という苗字に反応があれば、彼にとって先生の存在が大きなものだという確証がえられます。私は引っ越し間近の先生からお手紙をいただいたことがあります。彼にも当然、手紙を渡したでしょうし、そこには新しい姓も書かれていたはずですから。

私は稔さんの友人と交際しました。稔さんに近づくためでもあるし、物語の世界に生きる先生に代わり、私がさまざまな人生の機微を経験しておくべきだという使命感もありました。私の交際相手は稔さんの親友とも呼べる仲だったはずなので、稔さんも『小堀充希』という名は何度も耳にしたはずです。ですが稔さんがその名に特別な反応を示したという話を聞くことはできませんでした。もしかして交際相手の女性に気を遣っているためかとも思い、稔さんのアルバイト先に何度も電話をかけ、交際相手の女性との関係を破局に導こうとしました。その結果、稔さんは交際相手の女性と別れるのですが、あろうことか、彼はそれよりも前から別の女性との交際を始めていたのです。彼がこんなにも軽薄な男になっていたとは。もちろんテストは不合格です。こんな男に先生の相手役を任せるわけにはいきません。

もしかしたら、あの火事の強烈な記憶が、彼を変えてしまったのかもしれません。それとも、私自身が彼にまつわる記憶を美化してしまっていたのでしょうか。とにかく、稔さんが先生の相手役として相応しくないことだけはたしかです。失望した私は、稔さんへの接触をいったん諦めました。

交際相手とも別れ、スーパーでのアルバイトも辞めた私は、次に出版社の文芸編集部でのアルバイトの口を見つけ、働き始めました。稔さんの現状を把握した以上、私自身が作り上げた白馬の王子さまという虚像に期待することは、もうできません。私が編集者となり、先生を直接支えようと心に決めました。そのときに目にしたのが『千葉みなと』の応募原稿でした。すでに筆を折ったかと思われていた『藤村馨』は、名前を変えて公募文学賞への応募を続けていたのでした。ですがその内容は、やはりとても先生本来の想像力を生かしたものではありませんでした。なにを書くべきかという迷いが筆に表れていました。生き馬の目を抜く出版業界では、たくさんの人が無責任な助言を投げかけてきます。中には助言を装った誹謗《ひぼう》中傷で、先生の足を引っ張ろうとする輩《やから》もいたことでしょう。物語の世界に生きてきた純粋無垢な先生が一人で生き抜くには、厳しい世界です。やはり先生には助けが必要なのです。

大学を卒業して評文社に入社した私は、学生時代の優秀な成績と入社試験の面接の印象がよかったおかげか、希望通り文芸出版部に配属されました。このころになると、私は自分のすぐれた容姿を自覚するようになっていました。いまでも自らを美しく飾ることには興味ありませんが、そうすることで物事が思うように運ぶのです。利用できるものを利用しない手はありません。

私は文芸出版部に入ってすぐに、前年度の評文社小説大賞で落選した『千葉みなと』さんに連絡しました。私たちは編集者と小説家として、十四年ぶりの再会をはたしたのです。

涙を流して旧交を温めた後、私はプロの編集者として先生に冷静な指摘をしました。駆け出しの編集者でしたが、十四年来の先生のファンです。必要なことは理解しています。先生は自らの経験や体験だけで小説を書こうとしていらっしゃる。もっと視野を広げれば、もともとそなわっていた想像力によって素晴らしい作品が書けるようになります。必ず書けます。そのために必要な資料は揃えますし、取材が必要なら私が取材してきます。私の目を通して、外の世界をご覧になってください。先生は私の助言を素直に聞き入れてくださり、あっと言う間に人気作家の仲間入りをはたされました。

ところが文学的な成功は、必ずしも精神的な充足には結びつかないようです。はっきりとはおっしゃいませんが、先生がかつての白馬の王子さまに想いを残しておられることは明らかでした。しかし彼はもはや、先生に相応しい男性ではありません。そもそも彼はただ火災現場から逃げ出しただけの臆病で平凡な男で、白馬の王子さまですらないのです。しかし先生にそれを申し上げるわけにはまいりません。そのうちに先生の筆の進みも、筆致も鈍り始めます。私は平凡な男を勇敢《ゆうかん》な白馬の王子さまに仕立て上げた、過去の作為を悔いました。

不本意ではありましたが、私は先生のために、ふたたび稔さんを捜すことにしました。稔さんはすでにSNSのアカウントを削除されていたために捜索は難航しましたが、専門の業者に頼むとすぐにどちらにお住まいかわかりました。

稔さんは結婚されていました。すでにお子さんもお生まれになったようです。そのお子さんというのが、いまこうしてお手紙を差し上げているあなたです。

ですが私にとって、稔さんの家庭などどうでもいいものです。稔さんがいまでも先生を見守っている、先生の物語を楽しみにしていると伝え、先生のモチベーションの源になってくれさえすれば、それでいいのです。私にとって稔さんは、先生にとっての白馬の王子さま、ロマンスの相手でしかありません。すべてを捨てて先生と結ばれる——それも悪くない筋書きだと、自らに言い聞かせました。大学時代の恋人を稔さんと別れさせたように、私は立花家に浮気相手を装って電話をかけ続けました。ところがお子さんがいらっしゃるせいか、いっこうに離婚する気配はありません。そこで私は、稔さんに直接接触することにしました。

稔さんは、最初は私のことがわからなかったようですが、小学生時代の話をすると思い出されたようでした。「あのときは楽しかったなあ」と目を細めた後で、彼はあろうことか私のことを口説《くど》き始めたのでした。昔はあんなにやさしくて勇気のある少年だったのに。そのことを指摘すると、そもそも先生に恋愛感情を抱いたことなどなく、私に良いところを見せたいがために正義漢ぶったのだと言うのです。許せません。彼にたいして少しでも期待した私が愚《おろ》かでした。ですが先生にやる気を出していただくには、彼の力が必要です。

私は彼の下心を利用し、彼に協力を要請しました。先生と稔さんを街中でばったり出会わせたのです。もちろんそれは偶然などではなく、私の演出でした。

あのときは楽しかったなあ。きみの話に夢中になったものさ。きみはいまなにをしているの？　小説家になればいいのに。

彼は私の指示した通りの台詞を口にしました。先生が稔さんに、今後も連絡を取り合おうなどと言い出したら困ったことになったかもしれませんが、そうならないのはわかっていました。現実に踏み込む勇気が持てないからこそ、先生は物語の世界の住人なのです。

私の目論み通り、稔さんと再会した先生は執筆へのモチベーションを取り戻されたようでした。なぜ執筆意欲を取り戻したのか、その理由を私に告白してくださらないのは少し残念でしたが、私にとって、先生が生き生きと執筆なさる以上の悦《よろこ》びはありません。

困ったのは私のほうです。稔さんの下心を利用したために、彼に見返りを要求されるようになったのです。彼は私にたいしてすっかりのぼせ上がり、妻子を捨てて一人暮らしまで始めました。そんなのは迷惑千万です。彼は先生に書き続けてもらうための燃料でしかなかったのですから。しかし彼は納得しません。自分と結婚してくれなければ、すべてをバラす。あの街中での運命の再会も、あのとき発した台詞も、すべては下田涼花に指示されたものだったと、先生に告げ口するというのです。そんなことはぜったいにさせません。物語の世界に生きる先生を現実に引きずり出すことなど、許されるはずがないのです。

私は食事しようと彼を呼び出し、車の往来の多い幹線道路沿いの歩道を歩きながら、大型トラックが通過するタイミングを見計らって彼を道路へ突き飛ばしました。

そうです。先生からあなたにメールが届いた時点で——実際にはあの文面をキーボードで入力したのは私ですが——私はあなたのお父さまが亡くなっていたのを知っていました。もしも稔さんが生きていたとしたら、ポータルサイトで稔さんそっくりの顔写真を発見したと興奮なさる先生にたいし、連絡してみましょうとは提案しなかったでしょう。実際に会ってみたら幻滅なさるのが目に見えているのですから。

これがすべてのことの顚末《てんまつ》です。

なんの罪もない早田さまから父親を奪ってしまったことについては、お詫《わ》び申し上げます。すみませんでした。ですがそのおかげで、鴨志田玲は百を超える素晴らしい作品を、すでにこの世にいない男性に向けての間接的なラブレターとして紡ぎ出し、多くの読者に感動を与えたのです。その中にはきっと、かつての私のようにフィクションに生きる希望を見出した読者もいたに違いありません。そういう意味では必要な犠牲であったと考えています。とても意義深く、尊い犠牲です。

この手紙を読んで、早田さまがどうなさるかはご自由です。犯罪の告白に相違ありませんので、警察に通報なさっても、以前行ったインタビュー記事に付記して刊行していただいてもかまいません。あのインタビューに答えたのは鴨志田玲ではなく、鴨志田玲の担当編集者でしたが、先生の代弁にほかなりません。それに、鴨志田玲になりすました担当編集者が殺人犯でもあったということになれば、より大きな売上が望めるかもしれません。とにかく、私にはもうやり残したことはありませんので、どんな裁きでも責め苦でも甘んじて受けるつもりです。

　鴨志田玲に出会えてよかった。
悔いのない編集者人生でした。

敬具

　追伸　早田さまが本当に書きたい物が書ける日が来るよう、編集者として祈念申し上げます。

二〇五一年九月吉日

評文社文芸出版部　下田涼花

著者 佐藤青南（さとうせいなん）

一九七五年、長崎県生まれ。熊本大学法学部を除籍後、上京しミュージシャンに。第九回『このミステリーがすごい！』大賞優秀賞を受賞し、二〇一一年『ある少女にまつわる殺人の告白』でデビュー。著書に『ジャッジメント』『市立ノアの方舟』『君を一人にしないための歌』『オイディプスの檻 犯罪心理分析班』『鉄道リドル』のほか人気シリーズ「白バイガール」、二〇一八年ドラマ化された「行動心理捜査官・楯岡絵麻」などがある。

原案 栗俣力也（くりまたりきや）

一九八三年、東京都生まれ。東京デザイン専門学校卒業後、ゲーム会社を経て、二〇〇七年より書店員に。人目を引く売り場作りで数々の作品をヒットに導き「仕掛け番長」というニックネームを持つ。絶版文庫の復刊プロデュース、イベント企画や運営なども手がける。著書に『マンガ担当書店員が全力で薦める本当にすごいマンガはこれだ！』『100万人が選ぶ本当に面白いWEBコミックはこれだ！ 2018』がある。

一〇〇字書評

切り取り線

購買動機（新聞、雑誌名を記入するか、あるいは○をつけてください）

□（　　　　　　　　　　）の広告を見て	
□（　　　　　　　　　　）の書評を見て	
□ 知人のすすめで	□ タイトルに惹かれて
□ カバーが良かったから	□ 内容が面白そうだから
□ 好きな作家だから	□ 好きな分野の本だから

・最近、最も感銘を受けた作品名をお書き下さい

・あなたのお好きな作家名をお書き下さい

・その他、ご要望がありましたらお書き下さい

住所	〒				
氏名		職業		年齢	
Eメール	※携帯には配信できません		新刊情報等のメール配信を 希望する・しない		

この本の感想を、編集部までお寄せいただけたらありがたく存じます。今後の企画の参考にさせていただきます。Eメールでも結構です。

いただいた「一〇〇字書評」は、新聞・雑誌等に紹介させていただくことがあります。その場合はお礼として特製図書カードを差し上げます。

前ページの原稿用紙に書評をお書きの上、切り取り、左記までお送り下さい。宛先の住所は不要です。

なお、ご記入いただいたお名前、ご住所等は、書評紹介の事前了解、謝礼のお届けのためだけに利用し、そのほかの目的のために利用することはありません。

〒一〇一－八七〇一
祥伝社文庫編集長　清水寿明
電話　〇三（三二六五）二〇八〇

祥伝社ホームページの「ブックレビュー」からも、書き込めます。

www.shodensha.co.jp/bookreview

祥伝社文庫

たとえば、君《きみ》という裏切《うらぎ》り

平成30年12月20日　初版第1刷発行
令和5年12月30日　第2刷発行

著　者　佐藤青南《さとうせいなん》　原　案　栗俣力也

発行者　辻　浩明

発行所　祥伝社《しょうでんしゃ》

東京都千代田区神田神保町3-3
〒101-8701
電話　03（3265）2081（販売部）
電話　03（3265）2080（編集部）
電話　03（3265）3622（業務部）
www.shodensha.co.jp

印刷所　堀内印刷
製本所　ナショナル製本
カバーフォーマットデザイン　芥　陽子

Printed in Japan ©2018, Seinan Satō ISBN978-4-396-34478-8 C0193

祥伝社文庫の好評既刊